KB267225

근접한 세계

김연수

KIM YEONSU

근접한 세계

01

HIRANO KEIICHIRO

히라노 게이치로

차례

우리들의 실패

김연수

1

손동하에게 연락이 온 건 9월 초였다. 곧 한국으로 귀국할 예정이며, 그 전에 인터뷰 시간이 날 것 같다고 그는 메일에 썼다. 나는 즉시 회사에 상황을 보고했다. 서울의 국장에게는 메일을 쓸 여유조차 없었다. 국제전화를 걸어온 국장은 검찰 수뇌부의 수사 의지를 설명한 뒤, 손동하를 만나 녹취 파일을 확보하는 게 급선무라고 말했다. 나는 당장 만나자는 메일을 보냈다. 그러나 그는 좀체 내 메일에 응답하지 않았다. 그러는 동안, 국내의 정치 상황은 하루하루 달라지고 있었다. 초조해진 나는 그가 머물고 있다고 알려진 오사카에 미리 가 있기로 했다.

시청 부근의 호텔에 체크인한 뒤, 2층 식당에서 늦은 점심을 먹고 있을 때 핸드폰으로 손동하의 메일이 도착했다.

그가 일방적으로 정한 인터뷰 시간은 다음 날 오전 11시, 장소는 미도스지선 센리추오역 중앙 개찰구였다. 도쿄에서 8시에 출발하는 신칸센을 타면 얼추 시간이 맞을 것이라는 친절한 설명도 있었다. 시간과 장소를 다시 한번 확인하고 제안대로 나가겠다는 답 메일을 보낸 뒤에야 나는 한 가지 문제를 알아차렸다. 우리는 서로의 얼굴도, 전화번호도 알지 못했다. 얼굴을 모르는 사람들은 어떻게 만날 수 있을까? 나는 새 메일을 열어 내 인상착의를 적었다. '저는 사십대 중반으로 머리를 짧게 깎았습니다. 키는 175센티미터 정도이며 검정색 가죽 가방을 들고 있습니다.' 거기까지 썼다가 나는 핸드폰을 내려놓았다. 모든 걸 운명에 맡기자는 생각이 들었다.

다음 날 아침, 시간에 맞춰 센리추오역으로 향했다. 가는 동안 나는 서울의 취재팀과 상의해 만든 질문지를 살펴봤다. 정권의 심장부를 겨냥한 질문들이었다. 이후 정권이 무너지는 과정에서 내가 쓴 인터뷰 기사와 손동하의 녹취 파일이 얼마나 기여했는지 따지는 건 무의미할 것이다. 미래는 한 개인이나 집단의 의도만으로 만들 수 있는 게 아니니까. 신은 모든 인간에게 어떤 미래를 원하는지 물어본 뒤, 이를 종합해 가장 합리적인 방식으로 미래를 만드는 것이 아닐까? 내

말은 미래를 만드는 방식이 합리적이라는 뜻이지, 그 내용이
그렇다는 건 아니다. 현재의 인간은 저마다 조금씩은 무지하
다. 그 덕분에 그 의견의 총합은 어처구니없을 정도로 괴상한
모습으로 나타나기도 한다. 어떤 미래는 대다수가 원하지 않
은 모습일 수도 있다.

　평일 오전, 신도시 쇼핑가는 한산했다. 텅 빈 카페의 구
석에서 가진 인터뷰가 두 시간 만에 끝났을 때, 비로소 허기
가 밀려들었다. 우리는 옆 가게로 자리를 옮겼다. 오코노미야
키와 야키소바 같은 걸 파는 식당이었다. 마음이 홀가분하다
며 손동하가 생맥주를 주문했다. 한 잔쯤은 괜찮겠지 싶어
나도 마시기로 했다. 그게 시작이었다. 서너 잔의 생맥주를
마시는 동안, 그는 자신이 폭로에 나선 이유를 내게 설명하려
고 했다. 그가 어떤 목소리를 들은 게 계기가 됐지만, 그 목소
리의 의미를 내가 이해하기까지는 제법 긴 이야기가 필요했
다. 다행히도 그날 나는 시간이 많았다.
　지금은 우리가 모두 알게 된 그 일, 그러니까 대통령 친
인척의 국정 개입 사건에 연루된 이후 손동하는 제대로 잠을
잔 날이 거의 없었다. 그 변화를 누구라도 눈치챌 정도가 되
자 회사 직원 중 하나가 그에게 심리상담을 권유했다. 상담센

터를 찾아가니 상담사는 심드렁한 태도로 "아무것이나 얘기해보세요"라고 말했다. 그는 생각나는 대로 떠들었다. 그렇게 한 시간이 지나자 상담사는 그의 말을 끊으며 시간이 끝났으니 한 주 뒤에 오라고 했다. 쓸데없는 말만 늘어놓았으니 헛수고를 한 셈이라 여기고 돌아왔는데, 어떻게 된 일인지 그날은 잠을 잘 수 있었다.

일주일 뒤에도 상담사의 태도는 똑같았다. 그는 떠오르는 대로 얘기했다. 누구에게도 말할 수 없는 엄청난 비밀이 마음속에 있었지만, 살면서 저절로 쌓인 시시콜콜한 기억들만 두서없이 그는 풀어놓았다. 그렇게 서너 번 상담을 받자 후회나 불안이 사라지며 잠도 잘 잤다. 그래서 마지막으로 갔을 때는 30분쯤 지나자 더 할 이야기도 없고 해서 "이젠 그만 가보겠습니다"라고 말했다. 그러자 상담사가 "엄마 있잖아요. 선생님의 엄마. 엄마 이야기 좀 해보세요"라고 말했다. "엄마라면 벚꽃이 제일 먼저 생각나는데……"라고 말하고 그는 눈물을 왈칵 쏟았다. "봄의 벚꽃 얘기할 때, 엄마는 얼마나 외로웠을까요? 그때 지금의 나보다 어렸었는데." 울음을 그치고 그가 다시 이야기를 시작했다.

그날 저녁, 손동하라는 이름이 언급된 첫 기사가 인터넷 언론에 올라왔고, 기자들의 전화와 문자가 그의 핸드폰

김연수

에 쇄도했다. 그는 아내에게 전화해 당분간은 연락이 어려울 수 있다며 자신의 상황을 설명했다. 그리고 핸드폰 전원을 끈 뒤, 택시를 잡아타고 공항으로 향했다. 하지만 그날은 좌석을 구하지 못해 호텔에서 하룻밤을 보내고 다음 날 오사카로 향하는 비행기에 올라탔다. 간사이공항에서 다시 핸드폰을 켜자 엄청난 양의 문자와 메일과 카톡과 미싱콜을 알리는 알람이 들어오고 있었다.

"그중에는 제가 반드시 받아야 하는 전화도 있었습니다. 그러나 받아보면 그때까지 제가 일군 사업이 한순간에 잿더미로 돌아갈 처지가 됐는데, 그걸 걱정해주는 사람은 한 명도 없었습니다. 대신 제가 저지른 실수에 대해 책임지라거나 한국에서는 이제 제 말을 믿어줄 사람이 없으니 영영 돌아오지 말라거나 다짜고짜 죽으라고 소리치는 목소리들뿐이었습니다. 엄청난 비리를 저지른 사람들이 모두 저 때문에 정권이 망하게 생겼다고 비난하는 것이었습니다. 이 일이 있기 전까지만 해도 가깝게 지내던 분들이라 더 외롭고 무서웠습니다. 생각을 하지 않으려고 해도, 또 다른 생각을 하려고 해도 떠오르는 건 그 말들이었습니다. 그러면 전혀 잠들 수 없게 되지요. 밤새 그 말들만 곱씹게 되지요. 곱씹을수록 말에는 힘이 생깁니다. 제가 잘못한 일도 있으니 깨끗하게 죗값을 치르고 끝내자는 생각이 점차 들게 됩니다. 그래서 어느 새벽에는 일어나 택시를 잡아타고 바다로 가자고 말했습니다. 택시 기사는 뒷머리가 허연 노인이었는데, 바다가 가까워지자 갑자기 지금, 밤이 참 아름답지 않습니까? 라고 말하더군요. 다양한 승객을 대하다 보면 어떤 기미를 느낄 수 있는 것일까요? 대꾸 없이 택시에서 내린 뒤, 저는 교각 밑의 밤바다를 내려다봤습니다. 그때 문득 어떤 목소리가 들리더군요. 지금, 밤이 아름답다고? 이 밤이? 그건 아까 택시 기사의 말에 대한 저의 대답이었습니다. 그리고 또 목소리가 들렸습니다. 죽지 마! 저는 깜짝 놀라 주위를 둘러봤습니다. 그러자 더 많은 목소리가 하늘에서 쏟아졌습니다. 죽지 마. 살아서 진실을 말해. 진실을 말하고 살아남아. 죽지 마!"

손동하가 파산과 구속을 각오하고 폭로에 나서겠다는 결심을 한 뒤, 우리에게 어떤 일이 벌어졌는지는 더 이상 말하지 않아도 다들 잘 알 것이다. 비상계엄 선포, 비상계엄 해제 요구 결의안 가결, 대통령 탄핵안 가결, 헌법재판소의 대통령 파면 결정에 이르는 몇 달의 기간 동안 우리는 안갯속에 있는 것처럼 한 치 앞을 예측할 수 없었다. 멀리 보이는 것이 무엇인지 확인하려면 불확정의 시간을 견뎌야만 했다. 그런 점에서 미래는 양자물리학적 대상과도 같았다. 역사의 흐름에서 나는 아주 미미한 존재에 불과했지만, 한편으로는 우리 고두가 서로 연결돼 있다는 점에서 최대한 신중하게 행동해야만 했다. 그래서 나는 그날 손동하에게 들은 이야기를 기사로 발표할 수는 없었다.

이제 그런 시기는 지났고, 모든 건 그때의 미래였던 현재의 과거가 됐다. 그날 식당에서 나온 뒤에도 손동하의 이야기는 끝나지 않았기에 우리는 모노레일을 타고 1970년 오사카 엑스포가 열린 만국박람회 기념공원으로 갔다. 따뜻한, 조금은 뜨거운 9월의 오후였다. 그는 귀국한 뒤 자신에게 벌어질 고난을 충분히 알고 있는 사람처럼 그날의 햇살과 바람을 맘껏 즐겼다. 그날 그가 내게 보여준 표정으로 짐작건대, 식당에서 맥주를 마시며, 또 그 공원을 거닐며 그가 내게 들려준 이야기는 모두 진실일 것이라고 나는 생각한다. 다만 기사로 쓰게 되면 손동하의 의도에 편견을 가질 수 있을 것 같아 그때 들은 이야기를 소설의 형식으로 재구성하되, 부족한 부분은 인터뷰로 보충하기로 한다.

2

사십대 중반에 접어든 아빠와 중학교 1학년 학생인 그는 서울행 기차를 기다리고 있다.

그는 아직 잠에서 덜 깼다. 당장이라도 이불 속으로 돌아가고 싶다.

"기차, 언제 와요?"

그의 채근에 아빠는 라이터로 담배에 불을 붙이며 기차가 들어올 철로를 바라본다. 두 줄의 선이 도시를 가로지르는 육교 아래를 지나 멀리까지 뻗어 있다.

아빠의 입에서는 연기가 뿜어난다. 아빠는 미간을 찌푸린다. 그렇게 하면 멀리 있는 기차가 보이기라도 한다는 듯.

"이제 너는 중학생이다. 중학생답게 행동해야 해. 2학기가 되면 공부를 열심히 해야 한다. 엄마, 아빠가 바라는 건 그것뿐이야. 알지?"

아빠가 말한다. 말할 때마다 아빠의 입에서는 연기가 나온다.

여름방학이 끝나가는 게 그는 두렵다. 남학생들만의 학교로 돌아갈 일이 걱정이다. 2학기 같은 건 영영 오지 않기를, 이 여름이 끝나지 않기를 바랄 뿐이다.

 김연수

“서울에 가게 된 것도 다 엄마 덕분이지.”

라이터를 바라보며 아빠가 말한다. 그러더니 담배를 바닥에 던지고 구두로 불을 비벼 끈다. 아빠는 새 담배를 꺼낸다.

“담배 좀 그만 피워요. 그러다가 아빠도 병 걸리면 어떻게 해요?”

아빠는 라이터의 불을 켜려던 손을 멈추고 그를 똑바로 쳐다본다. 화가 난 것일까? 아빠는 라이터의 불을 켜지 않는다.

“너, 엄마한테 무슨 말이라도 들었어?”

그는 입을 다문다. 밤에 엄마의 흐느낌이 들릴 때면 그랬듯이.

“엄마가 너한테 병 얘기 했어?”

아빠의 목소리가 조심스러워진다. 마치 깨지기 쉬운 물건을 다루듯. 그는 고개를 젓는다.

그때 멀리서 기차 소리가 들린다.

아빠는 불을 켜지만 담배에 붙이지는 않는다. 아빠는 라이터의 뚜껑을 닫는다.

“기차 들어오네.”

8월의 새벽, 비현실적으로 하늘은 파랗다.

(

그 여름의 시작은 여느 여름과 다르지 않았습니다. 저녁에 집으로 돌아오는 아버지의 손에는 늘 과일이 들려 있었죠. 자두, 복숭아, 참외, 수박, 아오리사과, 포도 등 여름을 세분하는 제철 과일들을 매일 먹으며 저는 도서관에서 빌려 온 책을 읽었습니다. 아서 클라크로 시작하는 SF 시리즈를 1번부터 순서대로 읽었고, 이어 『이솝 우화』부터 시작하는 어린이용 세계문학전집을 『아서왕과 원탁의 기사』까지 읽었습니다. 과일과 독서 그리고 하나 더 말하자면 눈물입니다. 대학교 2학년 1학기를 마치고 입대한 형에게서 군사우편과 더불어 훈련소에 입고 간 옷이 배달됐는데, 형이 쓴 것 같지 않은 편지의 글씨체와 전에 없이 다정한 내용은 물론이거니와 박스 안에 든 바지와 티셔츠는 그 자체로 슬펐습니다. 엄마가 먼저 울었고, 제가 그 울음에 합세했습니다.

그치지 않는 눈물처럼 이어지던 장마가 끝난 뒤, 저는 학생회 간부들을 대상으로 하는 수련회에 참가하기 위해 2박 3일간 주왕산에 다녀왔습니다. 당나라 때 주왕이라는 사람이 전쟁에서 패한 뒤 그 산까지 도망쳐 숨어 살았다는 옛이야기에서 주왕산이라는 이름이 왔다고 인솔 선생님이 말해주더군요. 버스에서 내려 병풍처럼 선 바위산을 보는데, 제게

                                              김연수

는 아서왕의 전설에 나오는 마법사 멀린이 떠오르더군요. 자기가 아는 모든 마법 지식을 니뮤에에게 빼앗긴 멀린은 죽지 않는 인간이 돼 참나무에 유폐됐습니다. 나무 위의 유리집에서 그는 인간 세상의 시작과 끝을 한눈에 보게 됩니다. 멀린의 눈에 이 세상은 어떻게 보일까요? 그런 상상을 하면 제 머리가 핑핑 돌아갔습니다. 멀린의 눈에는 머지않아 제가 서울에 가게 되리라는 것과, 거기서 어떤 여자애를 만나리라는 것 그리고 또 많은 시간이 흐른 뒤에 우리가 이렇게 오사카 외곽의 한적한 식당에서 만나 얘기를 나누는 모습까지도 보였겠지요?

수련회에서 돌아온 어느 날, 자다가 깨서 화장실에 다녀오는데 안방에서 어떤 소리가 들렸습니다. 평소 같았으면 밭은기침 소리였겠죠. 엄마의 기침은 새벽이면 더 심해졌으니까요. 하지만 그날은 목소리였습니다. 머리가 깨질 듯이 아파. 온갖 게 다 기억나. 당신이 잘한 일, 잘못한 일. 그래서 잠이 안 온다고. 뭘 긍정적으로 생각해? 생각대로 될 것 같았으면 애당초 암이 왜 생겨? 아버지와 대화하는 것일 텐데, 들리는 건 엄마의 목소리뿐이었습니다. 그러나 다음 날이 되자 그 목소리를 실제로 제가 들었는지 아닌지 알 수 없겠더라고요. 엄마의 목소리가 지난밤과 너무 달랐기 때문이었습니다.

지난번에, 서울에서 한다는 거 말이야. 식탁에 앉아 밥을 먹는데, 설거지를 하던 엄마가 말했습니다. 어? 뭐? 잡지 보면서 꼭 가고 싶다던 거 말이야. 로봇과학전? 응. 그거 때문에 서울에 가고 싶다면서. 갔다 와. 일요일에 결혼식이 있다니까 아빠 따라가서 그거 보고 와. 뜻밖의 행운으로 제 눈은 커졌습니다. 엄마는? 제가 물었습니다. 엄마는 같이 안 가. 다른 데 갈 곳이 있어. 어디? 엄마는 대답하지 않았습니다. 대신 저를 안았죠. 지금 생각하면 눈물겹도록 행복한 나날이었습니다.

)

승객들은 눈을 감고 있다. 기차는 그들을 싣고 달려가고 있다.

승차권에 적힌 좌석을 찾은 아빠는 차창부터 올린다. 서늘한 바람이 덜컹거리는 소리와 함께 객차로 밀려든다. 아빠는 자리에 앉지 않고 통로를 따라 걸어간다.

그는 열린 창밖을 바라본다. 모든 것은 빠른 속도로 지나간다. 나무도, 전신주도, 집도. 홀린 듯 그는 창밖으로 얼굴을 내민다. 그곳은 바람의 영역이다. 이마와 볼에서 바람의 존재가 느껴진다. 입을 벌리고 그는 바람을 삼킨다.

 　　　　　　　　　　　　　　　　　　　　김연수

그때 그를 잡아당기는 손이 있다.

"위험해."

아빠 손에서는 담배 냄새가 난다. 그는 코를 찡그린다. 그의 표정을 읽은 아빠가 먼저 말한다.

"이제 서울 다녀오면 아빠도 담배 끊을 거야."

"전에도 그랬으면서."

"진짜야. 이번에는 끊을 수밖에 없어. 외부에서 힘이 가해졌으니까."

아빠가 무슨 말을 하는지 그는 이해할 수 없다.

"관성의 법칙 같은 거지. 학교에서 안 배웠어?"

그가 고개를 젓자 아빠는 창밖을 가리킨다.

"저 나무들처럼 움직이는 물체는 계속 움직이려고 하는 거, 그게 관성의 법칙이야. 앞으로 배우게 될 거야."

"움직이는 건 우리잖아요."

그가 말한다.

"우리 입장에서는 나무가 움직이는 거지. 너한테 설명하기 쉽게 말하는 거야. 마찬가지로 가만히 있는 물체는 계속 가만히 있으려고 해. 지금 우리처럼. 그러다가 외부에서 힘이 가해지면……."

'꽝'이라는 말과 함께 아빠는 소리 나게 손뼉을 친다.

"'꽝' 하면서 모든 게 바뀌는 거야. 그때는 가만히 있으려고 해도 가만히 있을 수가 없게 돼."

아빠는 말한다.

(

처음에 우리는 엄마의 기침 소리를 대수롭지 않게 여겼어요. 여름감기에 걸린 것이라고 생각했죠. 기침 소리가 익숙해질 때쯤 '꽝' 하고 외부에서 우리 가족에게 엄청난 힘이 가해졌죠. 엄마의 갑작스러운 암 진단은 빅뱅과 같았습니다. 그 이후 우리의 모든 노력은 빅뱅 이전으로 시간을 되돌리려는 것과 같았죠. 무슨 말인지 아시겠어요? 빅뱅 이전이라는 건 불가능한 수사입니다. 그건 북극의 북쪽 같은 것이죠. 언어로는 표현할 수 있지만 실제로는 존재하지 않는 것이에요. 선불교에서 이런 표현을 많이 쓰죠. 동그란 네모 같은. 언어로는 '있다'인데 실제로는 '없다'인 것. 빅뱅 이전도, 북극의 북쪽도 실재하지 않지만 언어로는 얼마든지 만들 수 있죠. 그게 마음이 하는 일이니까. 없는 데 있고 있는 데 없다면. 그것이야말로 진짜 상실입니다. 서울로 가는 기차에서 아빠는 엄마에게 남은 시간이 많지 않다고 말했습니다. 그 순간 저는 로봇과학전에 대한 흥미를 완전히 잃어버렸습니다. 미래가 두려워

졌기 때문이죠. 어떤 미래는 수십 세기 뒤까지도 바라보는데 어떤 미래는 6개월을 넘길 수 없다고 한다면, 미래란 도대체 무엇일까요? 미래의 얼굴이 있다면, 그건 어떤 표정을 하고 있을까요?

)

서울역에서 모든 승객들은 기차에서 내린다. 사람들은 급류처럼 지하도로 내려가고 두 사람도 그 물결에 휩쓸린다. 관성의 법칙은 거기서도 적용된다. 다른 플랫폼의 승객들이 합류하면서 지하도의 인파는 점점 불어난다.

그는 개찰구까지 저절로 움직이는 듯한 기분을 느낀다. 승무원이 사람들의 손에서 기차표를 낚아챈다.

개찰구를 빠져나온 아빠는 목을 빼고 누군가를 찾아 두리번거린다. 그는 사람들에게 질려버린 나머지 정신이 하나도 없다. 가까스로 한쪽 벽으로 붙으니 옆에는 노숙자가 잠들어 있다.

사람은 넘쳐나고, 주위는 시끄럽고, 바닥에서는 악취가 풍긴다. 그다음 순간, 아빠의 모습이 보이지 않는다. 겁에 질린 그는 사람들의 물결 속으로 뛰어든다.

그는 흘러간다. 어딘가로.

떠밀리듯 광장까지 갔을 때, 아빠가 그의 팔을 잡는다.

"서울에서는 아빠 옆에 꼭 붙어 있어. 안 그러면 거지들한테 잡혀간다."

그 말에 그는 런던에 온 올리버 트위스트라도 된 듯한 기분이다. 두 사람은 대합실로 들어간다. 입구에는 공중전화 부스가 나란히 서 있고, 어디든 줄이 길다.

한참 뒤에야 아빠 차례가 돌아온다. 네, 네, 형수님. 네, 알겠습니다. 아빠의 목소리가 부스 밖까지 흘러나온다.

"벌써 집에서 나가셨다니 곧 오실 거야."

"누가요?"

"우리 큰집 형님. 너한테는 오촌 당숙이 되겠네. 우리 집안에서는 제일 출세한 양반이지. 이번에 우리를 도와줘야 하는데 말이지. 기다려보자."

그러나 오촌 당숙은 좀체 나타나지 않고, 비둘기들만 그들 앞을 서성거린다. 아빠는 회색 하늘을 올려다보며 줄담배를 피운다.

배가 고프다며 그가 계속 칭얼대자, 결국 아빠는 따라오라고 말한다. 그들은 역 안으로 들어간다. 계단을 올라가자 '그릴'이라는 이름의 경양식 식당이 나온다.

그곳은 달그락거리는 그릇 소리와 사람들의 웅성거림이

김연수

뒤섞인 곳이다. 신문을 펼치고 담배를 피우는 신사들과 여유
롭게 커피를 홀짝이는 숙녀들을 지나 그들은 구석 테이블에
앉는다.

그에게는 모든 게 놀랍다. 고급스러운 분위기도, 옷을
차려입고 한가로이 양식을 먹는 사람들도.

아빠는 메뉴판을 그에게 보여주며 먹고 싶은 것을 말해
보라고 말한다. 메뉴판을 보지만 처음 보는 음식들이라 그는
고를 수가 없다.

등심스테이크, 함박스테이크, 돈가스, 미트볼스파게티,
오므라이스.

"아빠는 뭐 먹어요?"

아빠는 돈가스를 가리킨다.

"너도 돈가스 먹어. 맛있어."

"아빠는 먹어봤어요?"

그가 묻는다. 아빠는 고개를 끄덕인다.

"언제요?"

"오래전에. 네가 태어나기도 훨씬 전에."

"여기서요?"

아빠는 고개를 끄덕인다.

그가 돈가스의 맛에 감동하고 있을 때, 한 사람이 멀리서 손을 흔든다.

"여기 있을 줄 알았지."

반팔 셔츠에 중절모를 쓴 남자는 성큼성큼 테이블로 다가온다. 아빠가 말한 오촌 당숙이라는 걸 눈치챈 그가 일어나 인사한다.

"이 친구가 막둥이야? 너, 이름이 뭐니?"

"동하입니다."

오촌 당숙은 자신을 '서울 아저씨'라고 부르라고 한다.

"안 오시는 줄 알았잖아요."

아빠에게서 한 번도 들어보지 못한 목소리가 흘러나온다.

"미안, 미안. 내가 좀 늦었지. 지금 서울은 전부 다 공사판이거든. 한번 막히면 꼼짝 못 하고 서 있어야만 해. 세상이 망할 때까지도 서울은 공사 중일 거야."

서울 아저씨는 손을 들어 웨이터를 부른다. 서울 아저씨는 아빠 앞의 접시를 힐끔 보고는 "넌 아직도 돈가스 같은 걸 좋아하는구나"라고 말한 뒤, 커피를 주문한다. 그 말에 아빠는 접시에 담긴 울긋불긋한 채소들처럼, 뭐라고 표현하기 힘든, 다양한 감정이 실린 표정을 짓는다.

(

아버지의 돈가스를 반쯤 남겨둔 채, 우리는 그릴을 나왔습니다. 서울 아저씨를 따라나선 그 오후는, 지금 생각해보면 앞으로 시시각각 자신의 모습을 재구성하게 될 서울의 얼굴과 처음 대면한 시간이었는지도 모르겠습니다. 그때 저는 로봇과학전을 보러 간다는 사실 외에는 아무것도 몰랐지만, 차차 제가 향한 곳이 강남이었다는 것을 알게 되면서 시간의 묘한 역전을 경험하게 됐죠. 그 후로 서울로 갈 때마다 강남은 조금씩 달라지고 있었기에 제게 변하지 않는 강남은 어린 시절 처음 가본 그 강남뿐입니다. 그래서 강남에 갈 때면 늘 현재에서 과거를 회상하는 것이 아니라 과거에서 현재를 내다보는 듯한 기분이 들었습니다. 지하철 2호선은 아직 신설동에서 교대까지만 운행되고 있었고, 강남 전역은 서울 아저씨가 말한 대로 거대한 공사판이었습니다. 삼성역에서 내렸을 때, 우리 앞에 펼쳐진 풍경은 마치 전쟁이 지나간 뒤의 폐허처럼 황량했지요. 그 자리, 그러니까 훗날 코엑스라는 거대한 지하 도시와 마천루가 들어설 곳에는 전시장만이 덩그러니 서 있었고, 주변은 대부분 건물들이 채워지지 않은 공터였죠. 전시장 입구 앞에 천막과 파라솔을 세우고 음료와 간식을 파는 장사치들만이 사막의 오아시스를 지키는 파수꾼

들처럼 자리 잡고 있었죠. 전시장 안으로 들어서자 아이들의 웃음소리와 각종 전자음이 뒤섞인 기묘한 교향악이 우리를 맞았습니다. 어두운 실내에서 영롱하게 반짝이는 전구들이 자아내는 축제의 분위기가 어쩐지 제게는 쓸쓸하게 느껴졌는데, 그건 거기 있는 로봇들 때문이었을지도 모르겠네요. 기린, 호랑이, 펭귄 모양의 로봇들은 마치 자폐증에 걸린 동물원의 동물들처럼 같은 동작을 끝없이 반복하고 있었습니다. 아버지는 처음부터 로봇에게는 관심이 없었기에 저는 서울 아저씨의 손에 이끌려 전시장을 둘러봤지만, 시간이 갈수록 실망감만 커졌습니다. 제가 상상한 로봇은 사람보다 지혜롭고 더 깊이 사유하는 존재였는데, 거기서 손을 흔들며 "만나서 반갑습니다"라며 녹음된 인사말을 기계적으로 반복하는 로봇들은 노예들이나 가지는 절망적인 무감각을 보여주고 있었거든요.

우리가 예상보다 빨리 전시장을 빠져나왔을 때는 오후 5시가 넘어갈 무렵이었습니다. 해는 아직 높이 떠 있었고, 바람 한 점 불지 않는 무더운 공기는 여전했습니다. 하오의 빛은 황량한 풍경을 더욱 초현실적으로 바꿔놓았죠. 강남을 바라볼 때면 저는 여전히 그때의 눈으로 바라봅니다. 노점 식당의 파라솔 아래에서 컵라면이 익기를 기다릴 때, 서울 아저씨

김연수

는 로봇이 별로였냐고 제게 물었습니다. 저는 아시모프의 로봇 3원칙과 『파운데이션』에 대해 떠들었습니다. 전시장의 로봇들은 SF소설을 읽으며 상상했던 인공지능의 모습과는 너무나 거리가 멀었다는 말이 하고 싶었으나, 서울 아저씨는 제 입에서 나온 외국 작가의 이름만으로도 이미 감동한 것 같았습니다. 하지만 그 순간, 그러니까 제가 『파운데이션』의 내용에 대해 말하려는 순간, 아버지가 무슨 말인가를 했고, 그 말에 서울 아저씨가 크게 화를 냈습니다. 그건 '그때 형이 고향으로 돌아가라고만 하지 않았어도'로 시작하는, 서운함과 후회로 가득 찬 원망의 말이었습니다. 서울 아저씨는 한번 일어난 일은 절대 되돌릴 수 없다고, 그런 철없는 생각은 집어치우라며 냉정하게 말했습니다. 『파운데이션』에서 심리 역사학의 수학적 계산이기에 500년 뒤 제국의 완전한 멸망을 단언하는 해리 셀던처럼 말이죠. 제 기억으로는 그다음 순간, 우리는 높은 곳에서 조금 전까지 컵라면을 먹던 전시장 쪽을 내려다보고 있었습니다. 바둑판처럼 구획된 도로들이 드러날 정도로 그 주위는 허허벌판이었죠. 그때 우리가 서 있던 곳의 이름이 테헤란로라는 것을 제가 알게 되려면 아직 10여 년의 시간이 더 필요했지만, 우리가 향하는 곳이 개나리아파트라는 건 그때도 알고 있었습니다. 그 아파트에 서울 아저씨의 맏아들, 그러니까 다음 날 결혼식을 올리는 저의 육촌 형이 살고 있었습니다. 영등포에 공장을 두고 명동에서 고급 의상점을 운영한다는 그 남자는 텔레비전에서 본 서울 여자들처럼 아름답고 우아한 한 여성을 부인으로 소개해 저를 놀라게 했습니다. 둘은 이미 재혼한 사이로 다음 날의 결혼식은 형식적인 절차였습니다. 그 집에는 제 또래의 아이들이 여럿 있었는데, 그중에는 그 여성을 닮아 잡지 모델을 해도 좋을 만큼 예쁜 여자애가 있었습니다. 자신을 값비싼 인형인 양 감싸고도는 남자애들 사이에서 그 여자애가 뭐라고 말할 때면 마치 노래를 부르는 듯했죠. 제 귀에는 서울말이 그렇게 들렸습니다. 그 애를 바라보며 저는 만화에서처럼 그 애의 입에서 작은 음표들이 흘러나오는 광경을 상상할 수 있었습니다.

)

다음 날, 아침을 먹은 뒤 다들 아파트 1층으로 내려가 예식장까지 타고 갈 차를 기다린다. 어른들이 먼저 승용차를 타고 떠나고 아이들은 남는다. 육촌 형의 친아들인 두 소년과 그들의 사촌들과 그 여자애와 그, 이렇게 모두 여덟 명이다.

나무마다 매미들이 맹렬하게 울어댄다. 이윽고 봉고가

멈추자 아이들이 우르르 차에 올라탄다. 머뭇거리다 그는 가운데 자리에 앉는다.

결혼식이 열리는 예식장까지는 차로 한 시간이 걸린다고 한다. 그는 30분 이상 차를 타본 적이 없다. 서울은 그가 상상할 수 없을 정도로 크다.

다리를 건넌 뒤 봉고는 한강을 왼편에 두고 강변도로를 달린다. 여름은 절정을 지나 열어둔 양쪽 창으로 한결 시원해진 바람이 들어온다. 자동차 엔진 소리와 바람 소리와 아이들의 수다로 차 안은 어수선하다. 아이들은 서로 난센스 퀴즈도 내고, 지난여름의 일들을 말하고, 과자도 나눠 먹는다.

차 안의 공기는 후덥지근한데, 바람은 휘몰아치고, 역한 냄사도 난다. 뭔가가 그의 몸 안 여기저기를 돌아다니며 출렁인다. 머리에서 아랫배로, 또 허벅지로. 그걸 견디기 위해 그는 운전석의 귀퉁이를 잡고 창밖 한강만을 바라본다. 열어둔 창 바로 옆자리에는 그 여자애가 앉아 있다. 긴 머리카락이 그의 얼굴로 흩날린다.

누군가 뒤에서 그의 어깨를 툭 친다. 돌아보니 여드름이 잔뜩 난, 그의 조카뻘이라는 3학년 형이다. 조카뻘이자 3학년 형은 앞자리도 나눠 먹으라며 그에게 과자 봉지를 내민다. 그는 그 봉지를 받아 들지만 먹고 싶은 생각이 전혀 없다. 그는 다시 한강 쪽으로, 먼빛으로 눈을 돌린다.

파란 하늘에 구름이 떠 있다. 구름은 가만히 떠 있다.

'꽝'이라는 소리를 내며 구름이 하얗게 터지는 광경을 그는 상상한다.

그때 그 여자애가 고개를 돌려 그가 든 과자 봉지에 손을 넣는다. 그는 정신이 없다. 그의 얼굴을 본 그 애가 묻는다.

"너, 괜찮아?"

그는 전혀 괜찮지 않다. 예의를 차리느라 더 떠주는 대로 밥을 받아먹은 게 탈이 난 것 같다. 하지만 그는 말한다.

"괜찮아. 참을 수 있어."

"아닌데. 얼굴에 핏기가 하나도 없어."

여자애가 운전석에 앉은 남자에게 말한다.

"삼촌, 차 좀 세워주세요."

"왜?"

남자가 귀찮은 듯 묻는다.

"얘, 지금 토할 것 같아요."

남자는 룸미러로 둘을 본다.

“정말? 아직 한참 가야 할 텐데.”

조카뻘이자 3학년 형이 앞으로 몸을 내밀며 말한다.

“아직 반도 안 왔어. 누가 재한테 비닐봉지 좀 줘. 봉지 안에 얼굴 넣고 토하면 돼.”

그러자 뒤에서 누군가 웩, 싫어, 라고 말한다. 룸미러 속의 운전사가 그의 안색을 살핀다.

그는 구름만 보고 있다. 구름의 모양은 점점 바뀐다. 하지만 아직 ‘꽝’은 아니다.

“삼촌, 잠깐만 세워주세요. 얘, 진짜 안 좋아 보여요.”

그 여자애가 다시 말한다.

“강변도로에서 어떻게 차를 세워. 조금만 참아보라고 해.”

그 순간 그가 입을 틀어막고, 여자애는 방법을 생각해낸다

“너, 나랑 자리 바꾸자. 이쪽에 와서 바람 좀 쐬어. 그럼 괜찮아질 거야.”

여자애는 의자에서 몸을 일으켜 그의 앞쪽으로 움직이고, 그는 그 여자애가 앉아 있던 자리로 옮겨 간다. 두 사람의 몸이 서로 겹치고 차가 덜컹거린다. 아이들이 괴성을 지른다. 운전사는 조용히 하라고 소리친다. 그는 겨우 창가로 옮겨 간다.

꽝!

그 순간, 그는 더 이상 참지 못한다. 그는 창밖으로 얼굴을 내밀고 거북한 것들을 토해버린다. 입에서 튀어나온 토사물이 바람에 날리는 게 보인다. 그 광경을 보고 그는 한 번 더 토한다. 희멀건 것들이 도로 위로 흩어진다. 그는 헛구역질을 몇 번 더 한다.

마치 물속에 머리를 밀어 넣은 것처럼 아이들의 목소리가 멀어지고 바람 소리만 그의 귀에 들린다. 그는 바람에 얼굴을 내맡긴다.

그때 누군가의 손바닥이 그의 등을 어루만지듯 두들긴다.

괜찮아. 다 괜찮아.

바람 소리 사이로 그런 말들이 들린다.

(

결혼식이 끝나고 아버지를 따라 식당으로 갔습니다. 저는 어른들 사이, 그러니까 아버지의 옆자리에 앉았죠. 함께 봉고를 타고 온 아이들은 다른 테이블에 모여 있었습니다. 제가 그쪽을 힐끔거리는 동안, 아버지와 사촌 형제들은 연신 술을 마시고 담배를 피웠습니다. 정말 옛날이야기지요. 지금

제가 그때의 아버지 나이쯤이니 다시 그만큼을 거슬러 올라가면 저는 이 세상에서 사라지고, 그들은 십대 소년이 될 것입니다. 막 한국이 식민지에서 해방됐을 무렵이죠. 그 말은 거기 앉아 있던 사람들은 모두 스무 살 무렵에 전쟁을 경험했다는 뜻입니다. 그게 어떤 의미인지 우리는 영영 알지 못할 것입니다. 경험하지 못한 과거는 아직 오지 않은 미래와 마찬가지입니다.

처음에 아버지는 옛일을 회상하는 사촌들의 이야기를 가만히 듣고만 있었습니다. 침울한 표정이었고, 평소보다 술을 많이 드셨습니다. 그러다가 아버지가 이야기를 시작했지요. 처음에는 서울역 그릴에서 처음으로 돈가스를 먹은 일에 대한 유쾌한 회상인가 싶었으나 계속 듣다 보니 서울 큰집에서 쫓겨나다시피 나와 마지막 돈을 털어 사 먹은 돈가스 맛에 대한 신랄한 평가였고, 이는 돌아가신 큰아버지에 대한 원망으로 이어졌습니다. 그때 큰집이 조금만 도와줬더라도 자신은 완전히 다른 인생을 살 수 있었다는 말이었지요. 그 자리의 분위기는 냉랭해졌습니다. 그러자 서울 아저씨가 나섰습니다. 아버지는 서울에 남았다면 자신이 기자가 됐을 것이라고 장담했지만, 서울 아저씨는 아버지가 가보지 못한 미래에는 조금도 관심이 없었습니다. 그날 재혼한 아들이 초혼에 실패한 일까지 끌어들이며, 인간의 행복이란 주어진 운명을 받아들이느냐 그렇지 못하느냐에 달린 것이지 누구를 원망할 수도 없고 해서도 안 된다고 서울 아저씨는 말했습니다.

두 사람의 대화를 듣다가 어느 순간, 저는 도저히 견딜 수 없는 감정에 사로잡히게 됐습니다. 두 가지 이유 때문이었죠. 하나는 엄마가 아픈 상황에서 가보지 못한 미래에 대한 아쉬움을 짙게 드러내는 아버지에게 실망했기 때문이었고, 다른 하나는 서울 아저씨의 냉정한 운명론에 반감이 들었기 때문이었습니다. 아버지에게도 현실을 부정하고 싶은 마음은 있었을 테고 '만약 서울에 남았더라면 미래가 어떻게 달라졌을까' 하는 달콤한 상상에 빠질 권리가 있겠습니다만, 그랬다면 존재할 수 없었을지도 모를 아들 앞에서 그런 말을 하다니요. 서울 아저씨의 운명론 또한 못마땅하긴 마찬가지였습니다. 그렇다면 죽을병에 걸린 사람은 그 병을 숙명으로 받아들이고 죽음만 기다려야 한다는 소리입니까? 취한 말들과 담배 연기로 가득한 공기를 도저히 견딜 수 없어 저는 자리에서 슬그머니 일어나 식당 밖으로 나갔습니다. 여전히 한낮이고, 빛은 가혹할 정도로 밝았습니다. 밤에 들은 엄마의 말들이 생각났습니다. 일본에 와 뜬눈으로 지새우던 밤에 엄마 생각이 많이 났습니다. 그때 제 옆에 누군가 있었다고 한들

김연수

제가 하는 말은 모두 혼잣말이었을 것입니다.

　）

　오후 2시.

　예식장 주차장으로 8월의 더위가 물결처럼 켜켜이 밀려든다. 신경질적인 호루라기 소리 사이로 먼지를 일으키며 검은 차들이 지나간다.

　그는 주차장 한쪽 팽나무 그늘 아래로 들어간다.

　그늘 안은 서늘하다. 매미들은 떠나는 여름을 향해 온 힘을 다해 울어댄다. 귀가 얼얼할 정도다. 그는 고개를 들어 매디 울음소리처럼 서로 얽힌 나뭇가지들을 바라본다.

　"괜찮아?"

　돌아보니 그 여자애가 서 있다.

　"어."

　긍정도, 부정도 아닌 짧은 대꾸.

　"아까는 고마웠어."

　또박또박 그가 말한다.

　"아까, 뭐? 토했을 때?"

　그는 고개를 끄덕인다.

　"나도 그런 적 있거든. 차 타고 가다가 토한 적 있어. 너처럼 나도 창밖으로 얼굴 빼고 말이야. 기분 별로야, 그치?”

여전히 노래를 부르는 듯한 그 말에, ‘너처럼 나도’란 말에 그는 마음이 풀린다.

“넌 어제 로봇과학전 갔다며? 너희 아빠랑 할아버지가 얘기하는 거 들었어.”

“그거 보러 서울 온 거거든.”

“다른 일 때문이 아니고?”

“내가 그 과학전 보고 싶다니까 엄마가 가보라고 했어. 너희 엄마 결혼식 가는 김에.”

그는 방금 한 말을 후회한다. 너희 엄마 결혼식이라는 말 때문인지 그 애는 슬퍼하는 것 같기도 하고 웃는 것 같기도 한, 묘한 표정을 짓는다.

“그래? 과학전은 어땠어? 좋았어?”

“별로. 장난감 같았어. 나는 사람처럼 똑똑한 로봇을 기대했는데 멍청한 기계들이었어. 넌 서울 살면서 왜 안 갔어? 니네 집에서 멀지도 않잖아.”

“서울 사람이라고 다 가는 건 아니지. 쟤들은 두 번이나 갔어. 난 안 가도 상관없는데 자기들끼리만 가니까 기분은 별로 안 좋아. 그리고 거기 우리 집도 아니야.”

그 애가 말한다.

"아까 결혼한 사람이 너희 엄마 아니야? 그럼 개나리아 파트가 너희 집 맞잖아."

"엄마가 결혼했다고 그 집이 우리 집이 되는 건 아니야. 우리 아빠는 따로 있거든."

그 말에 그는 혼란스럽다.

"아빠가 있는데, 엄마가 결혼을 해? 너희 아빠는 뭐 하시고?"

"그러게. 뭐 하시나 몰라. 지금은 저기 위에 계시거든."

그 애는 울상이 된 채 오른손 검지로 하늘을 가리킨다. 그러더니 금방 표정이 바뀐다.

"너희 아빠 어젯밤에 우신 거 알아?"

"우리 아빠가? 또 저 얘기 한 거야? 서울에 남았다면 완전히 다른 인생 살았을 거라는 얘기?"

그는 진저리를 치듯 고개를 흔든다.

"아니, 이 집 할아버지한테 너희 엄마, 지금 하루가 급한데 서울 대학병원에 수술 날짜를 잡을 수가 없으니 도와달라고 말하면서. 그런데 이 집 할아버지가 매몰차게 거절하더라. 떼쓴다고 되는 게 아닌데, 철부지 같은 소리 한다면서. 하지만 그렇지 않다는 거 다 알아. 전에 이 집 아저씨가 우리 아빠 병원 잡아준 적이 있거든. 이 집 아저씨, 아빠 친구였어.

어른들은 거짓말만 하는 것인지 알다가도 모르겠고, 또 알고
싶지도 않아."

충격적인 얘기가 이어져 그는 잠시 멍해진다.

"그럼 너희 아빠도?"

"아니, 암은 아니야. 다른 병이었어. 그렇지만 수술받으
면 뭐 해? 결국 돌아가셨잖아."

그 애는 한숨을 내쉰다. 그럼 우리 엄마는 수술도 못 받
는 건가. 그가 중얼거린다.

"우리가 뭐 어쩌겠어. 나도 엄마 결혼식에 내가 왜 있는
건지도 모르겠는데."

"너희 엄마는 왜 재혼하시는 거야?"

"이 집 아저씨가 엄마를 엄청 좋아하거든."

"그럼 너희 엄마는?"

그러자 그 애는 또 한숨을 내쉰다.

"우리 엄만, 아직도 아빠를 사랑해."

"아까 보니까 서약도 하시던데?"

"연극이야. 어른들은 거짓말만 한다니까. 나 때문에라
도. 안 그러면 우린 죽으니까, 살아야 하니까. 그게 엄마 말이
야. 실제로 같이 죽자며 나한테 달려든 적도 있었어. 그냥 참
고 있는 것뿐이야. 하지만 싫어."

“뭐가?”

“이 집 식구들. 남자애들. 징그러워. 왜 더럽게 만지고 지랄이야. 개새끼들아. 아악! 아악!”

갑자기 그 애가 두 손으로 머리를 잡고 비명을 지른다. 그는 깜짝 놀라 그 애에게 다가간다.

“왜 그래? 괜찮아?”

그러자 비명을 그치고 그 애는 배시시 웃는다.

“이러고 나면 기분이 좀 좋거든.”

“깜짝 놀랐잖아. 네가 욕할 줄은 몰랐어.”

“나 원래 욕 안 해. 가끔씩 하는데, 나무한테만 해.”

“나무?”

“응. 그 아파트에서 조금만 걸어가면 산 아래에 마을이 있는데 입구에 엄청 나이 많은 느티나무가 있어. 사람들한테 물어보니까 700살이 넘는다네. 속상한 일이 생기면 그 나무까지 걸어가서 막 소리 질러. 욕도 하고, 죽고 싶다고도 말하고. 나무는 다 들어준다고 생각하고 온갖 얘기를 다 해. 그러고 나면 속이 좀 시원해지고 조금 견딜 수 있단 말이지. 지금은 네가 나의 나무가 된 셈이야.”

“그래서 지금 괜찮아졌어?”

그 애는 고개를 끄덕인다.

“나무는 무슨 말 안 해?”

“나무가 말도 해?”

그 애가 묻는다.

“내가 아는 이야기 중에는 말하는 나무가 있거든. 나무 속에 갇힌 마법사가 말하는 것이지만. 그 마법사는 과거와 미래를 모두 볼 수 있어서 나무 밖의 사람들에게 예언을 해주는 거야.”

“그게 무슨 이야기야?”

“『아서왕과 원탁의 기사』에 나오는 마법사 멀린의 이야기야.”

“얘기해줘.”

그래서 이야기를 꺼내려는 순간, 그는 누군가 자신을 바라보고 있는 듯한 느낌을 받는다. 검은 숲속에서 여우의 빨간 눈이 번득이듯이.

(

그 오후의 모든 것들―예식장 주차장을 달구던 뜨거운 햇살과, 마치 거대한 짐승의 입에서 뿜어져 나오는 듯한 그 열기와, 죽을힘을 다해 울어대던 매미 소리는 영원한 현재가 되어 제 기억에서 고스란히 재생됩니다. 시간이 과거에서 미래로 흘러간다는 사실이 때로 의심스럽게 여겨지는 까닭은 이런 순간들 때문입니다. 그때 저는 우리가 목격되고 있는 듯한 느낌을 받았는데, 그 시선의 관점으로 팽나무 그늘 아래 어린 저와 그 애를 보기도 합니다. 1983년의 일들은 이중의 시선으로 떠오르지요. 회상 속에서 저는 관찰되는 사람인 동시에 관찰하는 사람입니다. 현재란 한없이 길어질 수도 있다는 생각이 들기도 합니다. 그 현재 안에서 제가 "마법사 멀린은 호수에서 나온 니뮤에를 보자마자 사랑에 빠졌어"라고 얘기하자마자 멀리서 저를 부르는 목소리가 들렸습니다. 술에 취한 아버지가 나와 있었습니다. 아버지의 목소리는 현실로 돌아오라는 신호처럼 들렸고, 영원한 현재는 그렇게 끝이 났습니다.

　　）

　　아직 기차 시간은 남아 있지만, 아빠는 집에 가자고 말한다 큰집 형제들 틈에 그 애가 싫어하는 '남자애'가 외친다. 혜인아, 오빠가 너 한참 찾았어. 하지만 혜인은 대답하지 않는다.

　　아빠는 마치 포로가 된 패잔병처럼 축 늘어져 있다. 그는 기분이 묘해진다. 이제 그는 인생의 첫 번째 터널, 끔찍하게도 어두운 그 터널로 막 들어갈 참이다. 술에 만취해 축 늘어진 아빠와 밤이면 혼잣말을 중얼거리는 병든 엄마와 함께.

"나, 지금 가야 해."

그가 말하자 혜인이 개나리아파트의 주소를 빠르게 말한다.

"외울 수 있겠어?"

그는 혜인이 말한 주소를 왼다.

"다시 해봐."

그는 다시 주소를 왼다.

"절대로 잊지 마. 그 주소로 하려던 이야기 써서 보내줘. 편지 기다릴게."

그는 고개를 끄덕인다. 혜인에게서 돌아서 아빠에게 가는 동안, 그는 몇 번이고 주소를 되뇐다.

"쟤하고 친해진 거야?"

택시를 기다리는 동안 혀가 꼬인 목소리로 아빠가 묻는다. 그 순간에도 그는 주소를 되뇌고 있다. 아빠의 시선을 따라가니 혜인이 그들을 바라보고 서 있다.

"친해진 거냐고?"

"아니에요."

그는 고개를 젓는다.

이윽고 택시가 도착하고 그들이 타자, 혜인이 택시를 향해 손을 흔든다. 마치 겨울나무가 바람에 흔들리는 것처럼.

택시가 출발하자 아빠는 "얼굴값을 할 거야"라며, 마치 예언하듯이 말하고 그는 깜짝 놀란다.

"예?"

"쟤 말고, 쟤 엄마 말이야."

그는 그 말에 담긴 뉘앙스와 억눌린 감정을 바로 알아차리지 못한다. 그럼에도 그는 그 말을 곱씹다가 그 애가 알려준 주소를 잊어버린다. 개나리아파트와 정혜인이라는 이름만 빼고.

택시는 예식장에서 멀어지고 그는 생각한다. 혜인이는 거기서 계속 손을 흔들고 있을까, 아니면 안으로 들어갔을까? 뒤돌아볼 수도 있을 텐데, 그러면 손을 흔드는 그 애를 볼 수 있을 텐데, 그는 앞만 바라보고 있다.

그렇게 택시가 지나간다.

3

서울 아저씨를 따라 그는 병원 식당으로 들어간다. 끈

질기게 달라붙던 소독약 냄새가 일순간 사라지고 음식 냄새가 식욕을 돋운다. 아직 점심을 먹지 않았다는 사실을 깨닫자마자 그에게 허기가 몰려온다.

"뭘 먹을래?"

식당 입구의 아크릴 간판에는 오늘의 메뉴가 한식, 양식, 분식으로 구분돼 적혀 있다.

"아빠는요?"

"아빠는 원무과에 갔으니까 우리 먼저 먹고 있으면 올 거야. 먹고 싶은 거 골라봐."

"전 돈가스 먹을래요."

서울 아저씨는 자신이 먹을 비빔밥과 함께 식비를 계산한 뒤, 식권을 받아 그에게 건넨다. 그는 양식부로 가서 식권을 내민다. 돈가스가 나오기까지는 시간이 조금 걸린다.

"넌 예의 바른 놈을 좋아하는구나."

돈가스를 들고 테이블로 가니 비빔밥을 먹고 있던 서울 아저씨가 말한다. 그는 식판을 내려놓고 서울 아저씨를 쳐다본다.

"돈가스는 항상 튀김옷을 갖춰 입고 나오거든."

칭찬이라도 하시려나 싶었는데 뜻밖의 농담이라 그는 웃는다. 하지만 조금 전까지 병상에 누운 엄마 앞에서 펑펑

김연수

울던 게 떠올라 그는 이내 웃음을 그친다.

"그럼 비빔밥 좋아하는 사람은요?"

그가 묻자 서울 아저씨는 아무렇지도 않은 듯 말한다.

"게으름뱅이지. 다 비비면 되니까 메뉴 고르느라 고민할 필요가 없잖아."

서울 아저씨의 말에는 질척이거나 머뭇거리는 느낌이 전혀 없다.

"돈가스 좋아하는 건 부전자전이야. 너도 생각 많지?"

"생각이요? 어떤 생각이요?"

"뭐, 이런저런 생각들. 일이 잘되려나? 이렇게 되려나 저렇게 되려나? 그땐 왜 그랬나? 내가 모르는 게 있었나, 없었나? 그러다 보면 시간 잘 가서 금방 나처럼 영감 되는 거야."

"생각하는 건 좋은 거잖아요."

"덜 하는 게 좋은 거지. 옛날 중국에 짚으로 만든 개가 있었어. 제사 지낼 때 아주 요긴하게 쓰는 물건이라 다들 애지중지했는데, 제사가 끝나고 나면 헌신짝처럼 버려져. 노자라는 성현이 말씀하시기를, 하늘은 인간을 그 개처럼 대한다는 거야. 그러면 하늘이 어떻게 그럴 수 있어요, 라고 따지는데 그건 다 생각 많은 인간들이나 하는 짓이고, 정작 짚으로 만든 개는 아무 말이 없어. 생각이 없으니까."

서울 아저씨가 말한다.

"그럼 아저씨도 생각 안 하시나요?"

"하지. 나도 사람이니까. 하지만 덜 해야지."

그는 두 달 전 서울역 그릴에서 아빠가 포크와 나이프로 돈가스를 잘라주던 일을 떠올리며 돈가스를 자른다. 그때 서울에 왔을 때의 일들이 두서없이 생각난다.

"아저씨."

"응?"

"전에 서울 왔을 때, 우리가 잤던 개나리아파트 주소 아세요?"

"개나리아파트? 그건 왜?"

"거기에 편지를 보내기로 약속했는데, 주소를 잊어버렸거든요."

"너희들끼리 펜팔 하기로 했어? 주소는 나도 잘 모르는데. 밥 먹고 이따 전화해서 물어보자."

(

그때의 저는 불과 두 달 만에 서울행 기차에 다시 오르리라고는 전혀 예상하지 못했습니다. 돌이켜보면 그 이후에도 미래는 늘 그런 식으로 무방비 상태의 얼굴에 강펀치를

날리곤 했지요. 예상치 못한 일격에 정신을 못 차리고 허우적 댈 떠면 서울 아저씨의 말이 종종 떠올랐습니다. 짚으로 만든 거는 아무 말이 없다고. 하지만 그건 쉽지 않은 일입니다. 결코 쉽지 않아요. 저는 아버지를 닮아 생각이 많으니까요. 지금도 돈가스를 보면 예의 바른 놈이라는 생각부터 하는 사람이 접니다. 그러니 밤에 자살하려고 바다까지도 간 것이겠죠. 짚으로 만든 개를 다시 만난 건 고교 시절이었습니다. 어느 출판사에서 나온 천 원짜리 문고본 시리즈를 1번부터 순서대로 읽는데 노자의 『도덕경』이 있더군요. 사서 읽는데 "천지불인, 이만물위추구(天地不仁, 以萬物爲芻狗)"라는 구절이 나오더군요. 하늘과 땅은 어질지 않아 만물을 짚으로 만든 개처럼 여긴다는 뜻이죠. 그 말대로 세상은 나의 후회와 희망같은 것에는 아랑곳하지 않고 자기 뜻대로 변해가기만 했습니다. 그 이후로 지금까지 저는 몇 번이나 서울역을 찾아갔을까요? 서울역은 옛 역사를 리노베이션했다가, 철로 위로 역사를 확장했다가, 지금은 엄청나게 큰 신역사를 만들었습니다. 제가 처음 간 서울역은 역사로서의 기능이 끝나 지금은 문화공간이 됐고 그릴은 사라졌지요. 세상 모든 것은 짚으로 만든 개일 뿐입니다. 잠시 존재하다가 그 쓰임이 다하면 버려지지요. 문자와 전화로 은연중 제게 자살을 종용하던 자들에게는 저 역시 짚으로 만든 개일 뿐이었겠죠.

　　　)

"누구야? 혜인이야?"

공중전화 수화기에 대고 서울 아저씨가 말한다. 전화를 건 용건을 말하다가 서울 아저씨는 바지 주머니에서 동전을 더 꺼내 공중전화기 위에 올려놓고 돌아서서 그에게 말한다.

"너, 혜인이랑 통화해볼래? 네가 직접 주소를 물어봐. 돈 떨어질 것 같으면 동전 더 넣고."

그는 얼떨결에 수화기를 건네받는다. 서울 아저씨는 뒤로 물러선다.

"안녕? 나는 동하라고 해."

"동하라고? 누구지?"

노래를 부르는 듯한 그 목소리다. 그의 가슴이 두근거린다.

"우리 엄마가 지금 수술받으려고 서울의 병원에 와 있어. 여름에 너희 엄마 결혼식 때, 우리 봤었는데 기억 안 나?"

수화기 저편에서는 대답이 없다. 그는 급하게 덧붙인다.

"그때 결혼식장까지 가던 봉고에서 토한 사람 말이야. 너도 차에서 토한 적 있다며?"

　　　　　　　　　　　　　　　　　　　　김연수

"아, 기억나."

혜인은 가까스로 그를 기억해낸다.

"그런데 왜 전화했어?"

그는 당황한다.

"네가 알려준 주소를 까먹어서 편지를 못 했거든. 너한테 마법사 멀린 이야기를 편지로 써서 보내주기로 했었는데, 기억 안 나?"

수화기 저편에서는 또 말이 없다. 대신 통화 시간이 얼마 남지 않았음을 알리는 신호음이 들리고, 그는 전화기 위의 동전을 밀어 넣는다.

"왜 주소를 잊어버렸어?"

마침내 혜인이 말한다. 책망하는 것 같기도 하고, 실망하는 것 같기도 하고, 또 이제라도 다시 물어봐서 좋아하는 것 같기도 하다. 그는 대답하지 못한다. 그러자 혜인이 말한다.

"다시 불러줄게."

그는 손바닥에 혜인이 불러주는 주소를 볼펜으로 받아적는다.

(

훗날 서울의 대학에 진학한 뒤, 저는 서울에 대한 제 기억이 모두 엄마와 관련이 있다는 사실을 깨달았습니다. 과학전에서 로봇들을 본 일과 서울에 사는 여자애랑 편지를 주고받은 일과 암 수술을 전후로 입원 중인 엄마를 만나러 두 번이나 서울을 올라간 일 등이 모두 그랬죠. 불쑥불쑥 떠오르는 그런 기억들 중에서 저를 제일 힘들게 한 것은 벚꽃이었습니다. 신입생 시절의 어느 날, 등굣길에 매일 지나쳤던 나무들이 벚나무라는 걸, 꽃이 피고 나서야 알았습니다. 그길로 당장 돌아서 교문을 빠져나왔습니다. 시간을 보낼 곳이 마땅치 않아 입장료를 내고 들어가 음료 한 잔을 시키면 종일 클래식 음악을 들을 수 있는 음악감상실을 찾아갔습니다. 저는 후회와 자책으로 심장이 터질 것만 같았습니다. 거기서 글렌 굴드가 1981년에 연주한 〈골드베르크 변주곡〉을 처음 들었습니다. 그 후, 지금까지 저는 거의 매일 그 음반을 듣고 있습니다. 과거에 집착하면 우울해지고 미래에 집착하면 불안해진다고 했던가요? 후회하고 걱정하느라 요동치는 제 마음을 가라앉히는 데 글렌 굴드의 연주만큼 좋은 신경안정제는 없습니다. 음악 용어에 '초견'이라는 게 있죠. 처음 본 악보를 연주하는 일을 뜻합니다. 연주자의 역량에 따라 초견 연주에는 큰 차이가 있을 것입니다. 그러나 저는 초견에서 중요한 게 연주의 질이 아니라고 생각합니다. 더 중요한 건 제대로 연주할 수 없다고 느낀 뒤에도 계속 연주할 수 있는 힘이죠. 포기하지 않고 끝까지 연주해야만 배울 수 있는 것들이 있거든요. 글렌 굴드는 바흐의 〈골드베르크 변주곡〉을 평생 두 번 녹음했습니다. 1955년 음반은 그의 생애 첫 녹음이고, 1981년 음반은 마지막 녹음입니다. 두 개의 음반은 같은 악보를 사용하지만 완전히 다른 연주입니다. 두 번째 연주에서 글렌 굴드는 1955년에는 모르고 지나쳤던 많은 음과 뉘앙스를 알게 됐을 것입니다. 그런데 재미있는 건 〈골드베르크 변주곡〉 자체도 첫 곡 아리아와 마지막 곡 아리아 다 카포 사이의 30개 변주곡으로 이뤄진 작품이라는 점이죠. '아리아 다 카포'란 '처음의 아리아로'라는 지시문입니다. 같은 악보를 사용하라는 뜻이죠. 그렇다고 두 연주가 같은 연주일까요? 기회가 있다면 1981년 연주에 귀를 기울여보세요. 처음과 끝, 두 아리아에서 어떤 목소리가 들릴 겁니다. 글렌 굴드의, 그 유명한 허밍입니다. 보통의 클래식 녹음에서는 있을 수 없는 노이즈죠. 하지만 이 노이즈 같은 목소리가 두 곡을 전혀 다른 곡으로 만듭니다. 글렌 굴드의 〈골드베르크 변주곡〉을 신경안정제 삼아 듣는다고 할 때 저는 이 목소리를 듣고 있는 것이지요.

　　)

엄마는 침대에 반쯤 기댄 채 창밖을 바라보고 있다가 병실로 들어서는 그와 이모를 보고 환하게 웃는다. 큰 수술을 치른 사람답지 않게 환한 표정이다. 병상 옆에 앉아 있던 아빠가 신문을 내려놓으며 벌떡 일어선다.

"동하 왔어? 미경이도 같이 왔네."

엄마의 목소리는 약간 들떠 있다. 그는 엄마에게 다가가 손을 잡는다. 생각보다 차갑다.

"좀 어때? 수술은 잘된 거예요?"

이모는 엄마를 한번 쳐다봤다가 아빠를 돌아본다. 아빠는 대답 대신 고개를 끄덕인다.

"역시 서울에 오길 잘했나 봐. 수술이 잘됐대. 아까 의사 선생님이 다녀가셨어."

칭찬을 기대하는 사람처럼 엄마가 말한다.

"정말이에요, 형부?"

이모가 다시 아빠에게 묻는다. 아빠는 여러 번 빠르게 고갯짓을 하며 뭐라고 중얼거린다.

"이모 말 잘 듣고 있어? 중간고사는 잘 봤고? 집에는 자주 가보니? 화분 물은 잘 주고 있어?"

엄마는 쉴 새 없이 묻는다. 공과금의 납부 기한, 이웃집 어른의 건강 상태, 동네에서 김장을 하는 집이 있는지 없는지 등등.

"동하는 요새 나무 박사 다 됐어. 어디에 어떤 나무가 있는지 다 알아. 나무 시험 치면 1등 할 거야."

들고 온 음식 보따리를 내려놓으며 이모가 말한다.

"원래 로봇 박사 아니었나?"

고개를 갸우뚱거리던 엄마가 손가락으로 이모가 손에 들고 있는 것을 가리킨다.

"뭘 그렇게 바리바리 싸 왔니? 나, 금방 집에 갈 건데. 그런데 그거, 고추장물이야? 잘됐다. 입맛 없어 죽겠던 참인데."

그러자 아빠가 깜짝 놀라며 이모의 손에서 반찬통을 빼앗는다.

"언니, 아직 암 환자야. 이런 건 안 돼."

"수술 잘됐다면서요?"

"잘되고 뭐고 매운 음식은 안 돼. 우리 커피 마시고 올까?"

그러면서 아빠는 이모에게 눈짓을 한다. 머뭇거리던 이모는 그 눈짓의 의미를 알아차렸는지 커피 마시고 오겠다며 아빠와 함께 밖으로 나간다.

"그런데 나무 박사는 무슨 얘기야?"

두 사람이 나가자 엄마가 그에게 묻는다.

"나갔다가 집에 오면 어디 갔다 오느냐고 이모가 하도 물어서 나무 보고 왔다고 그랬거든."

"나무를 보고 다녔어?"

"전에 어떤 애가 나이 많은 나무한테 가서 얘기하면 속이 시원하다길래."

"그런 말도 있긴 하지. 당산나무라고 마을마다 한 그루씩 있어서 큰일이 있을 때마다 잘되게 해달라고 사람들이 가서 빌고 그랬지."

"엄마도 나무한테 빌어본 적 있어?"

"오늘 아침에도 빌었어. 저기 나무들 보이잖니?"

그가 엄마가 가리키는 창가로 가 멀리 교정의 나무들을 바라본다.

"어제 퇴원한 아줌마가 그러는데, 저 길의 나무들이 모두 벚나무라 봄에 꽃이 피면 온 천지가 환하다네. 봄 되면 꼭 한 번 보라던데, 퇴원해서 내려가면 다시 여기 올 일이 있겠나 싶다가도 네가 공부 잘해서 나중에 이 대학 다니면 또 모르겠다 싶은 거야. 그래서 저 나무 보며 너 이 대학에 붙게 해달라고 빌었다. 덕분에 나도 벚꽃 구경하러 오게."

그의 등 뒤에서 엄마의 목소리가 들린다.

(

당시 엄마가 느낀 고통을 저는 전혀 모릅니다. 그게 바로 짚으로 만든 개의 슬픔이죠. 그 개가 말이 없는 게 아닙니다. 끊임없이 짖어대지만 그 소리가 다른 개에게 가 닿지 않을 뿐이죠. 그다음 해에도 어김없이 캠퍼스에는 벚꽃이 피었습니다. 그 꽃들을 보자마자 엄마의 목소리가 들리더군요. 제가 그 대학에 들어갔으니 저와 달리 엄마의 소원은 이뤄진 셈입니다. 수업에 늦지 않으려고 서두르는 학생들 사이에서 저는 눈물을 흘리면서도 계속 걸었습니다. 도망치고 싶지 않았거든요. 두 번째 아리아 연주 같은 것이라고 저는 생각했습니다. 첫 번째 연주에서 그냥 지나쳤던 음들을 다시 정확하게 연주하려는 것이라고. 저는 의학도서관으로 가 책과 잡지를 뒤졌습니다. 그러자 당시 엄마의 상황에 대해 약간의 의학적 지식이 생겼죠. 그때까지 저는 엄마의 병명을 폐암으로만 알고 있었지만, 정확한 병명은 소세포폐암이었습니다. 집에 전화했을 때 옛날 수첩을 뒤져 그 병명을 확인해준 아버지는, 그렇다면 그때 엄마에게 큰 희망을 안겨준 그 수술은 왜 받은 것이냐는 제 물음에 제대로 대답하지 못했습니다. 엄마의 병기로 짐작건대 이미 다른 장기로 암세포가 전이돼 외과적 처치는 아무런 의미가 없었을 것입니다. 하지만 재혼해 새

가정을 이룬 아버지는 옛일을 기억하지 못했고, 그 뒤로 오랫동안 저는 아버지를 원망했습니다.

이젠 그 의미를 영영 알 수 없게 된 수술 뒤, 항암 치료와 방사선 치료를 거치며 엄마는 급속도로 쇠약해졌습니다. 치료가 끝나 집으로 내려왔을 때, 엄마는 더 이상 제가 알던 엄마가 아니었습니다. 아마도 그해 가을에서 겨울로 넘어가던 어느 시점에 엄마는 알았을 것입니다. 자신의 삶이 끝나가고 있다는 사실을 말입니다. 암 환자가 집에 있다는 건 늘 죽음의 그림자가 드리워진다는 뜻이죠. 제 인생의 한 부분 역시 그 그림자로 채색돼 있습니다. 말했다시피 고통에 관한 한 우리는 짚으로 만든 개의 처지입니다. 그 개들은 각자의 무지로 쌓아 올린 벽에 갇혀 지내고 있지요. 아무리 크게 소리쳐도 우리의 목소리는 그 벽을 넘어가지 못합니다. 그건 하늘과 땅이 어질지 않아서가 아니라 우리의 무지 때문입니다. 그러니 우리에게 필요한 건 하늘과 땅을 원망하는 일이 아니라 그 무지를 인정하고 먼저 자신의 벽을, 그다음에는 상대의 벽을 무너뜨리는 일이겠죠. 그러니 엄마의 고통에 둔감했던 저에 대한 후회나 저의 방황을 위로해주지 못한 아버지에 대한 분노 같은 이야기는 접어두고 다른 이야기를 해보죠. 하루는 식탁에서 편지를 쓰고 있는데, 엄마가 제 앞에 와서 앉더군요. 편

김연수

지를 쓰다 말고 저는 깜짝 놀랐습니다. 그 무렵의 엄마는 구역질과 신음과 울음소리로만 그 존재를 드러냈으니까요. 그러나 그 밤의 엄마는 암 환자가 되기 전의 엄마, 제가 알던 엄마가 분명했습니다. 신비로운 밤이었죠. 지금 생각하면 마치 엄마의 영혼이 안방에 누워 신음하는 육체를 떠나 아들 앞에 사뿐히 내려앉은 게 아닐까 싶을 정도였습니다. 저는 엄마에게 이래도 되느냐고 물었습니다. 응, 이래도 괜찮아. 엄마가 말했습니다. 넌 뭐 하고 있었니? 그래서 제가 대답했습니다.
)

"서울 친구에게 편지 쓰고 있었어."

"서울에 친구가 있어?"

엄마가 놀란다. 그는 편지봉투를 엄마에게 보여준다. 엄마는 거기 적힌 주소와 이름을 유심히 읽는다.

"개나리아파트, 정혜인? 이름 예쁘네. 여학생인가 봐."

"이제는 나처럼 손씨가 됐는데, 아직도 나한테 보낼 때는 정혜인이라고 써. 지난번에 서울 아저씨네 결혼식에 가서 만난 애야. 그 결혼식에서 얘네 엄마가 재혼한 거거든. 아빠는 돌아가셨대."

"어린 나이에 애가 힘든 일을 많이 겪네. 그래서 둘이 친구 하기로 한 거야?"

"내가 어떤 이야기를 아는데, 그 이야기를 편지에 써서 보내주기로 했거든. 그런데 그 이야기를 아직 다 못 써서 그냥 편지만 주고받는 중이야."

"무슨 내용인지 엄마가 읽어봐도 돼?"

엄마가 묻는다. 그는 망설인다.

(

제 기억은 정확한 것일까요? 아니면 제가 꿈을 꾸고 있는 것일까요? 쉰 살을 훌쩍 넘긴 지금도 열네 살의 기분이 드는 건 왜일까요? 우리는 이 세계를, 시간을, 삶을 어떻게 경험하고 있는 것일까요? 정말 시간과 공간 속에서 깨어 있는 채로 경험하는 것일까요? 아니면 눈을 감고 잠든 채로 꿈을 꾸고 있는 것일까요?

)

……

아저씨가 운전하는 차를 타고 가고 있었어. 엄마는 조수석에, 나는 뒷좌석에 앉아 있었지. 우리가 들어갈 아파트와 그 집 아이들을 보러 가는 길이었어. 도로 공사가 한창이어서 비포장길을 달리고 있었지. 그래서였을까, 나는 속이 메스껍기 시작했어. 도로가 다 포장되면 그 동네는 천지개벽할 것이라고 그 아저씨가 말했어. 지하철이 생기고 아파트가 들어서면 땅값이 엄청나게 오를 것이라고. 그러자 엄마는 그 돈이 다 자기 것인 양 좋아했어. 두 사람은 하하하 호호호 웃었는데, 도저히 견딜 수 없는 거야. 너는 내 기분 알지? 그래서 차창을 열고 토하기 시작했어. 그랬더니 엄마가 깜짝 놀라 차를 세웠지. 괜찮으냐고 엄마가 물었는데, 난 안 괜찮아요, 라고 소리치고 차 문을 열고 뛰어갔어. 엄마가 내 이름을 불렀지만 도로 옆으로 난 길을 따라 계속 달렸어. 그렇게 달려가는데 멀리 나무가 보이길래 그 나무를 향해 달렸어. 눈물 콧물 다 흘리면서. 나무님, 살려주세요. 나무님.

"나무님, 살려주세요. 나무님."

엄마가 혜인의 편지를 소리 내어 읽는다.

"그 나무까지 가서 털썩 주저앉는데, 벌써 그 차가 나를 향해서 먼지를 일으키며 오는 게 보이더라. 내가 한 번 더 말했어. 우리 좀 살려주세요, 나무님."

엄마도 한 번 더 말한다.

우리 좀 살려주세요, 나무님, 이라고.

4

(

이듬해 봄이 찾아오기 전에 엄마는 돌아가셨습니다.

)

5

(

많은 문상객들이 장례식장을 찾아왔습니다. 그중에는 서울 큰집 식구들도 있었지요. 아버지를 위로하는 서울 아저씨의 대화를 듣던 중, 저는 육촌 형이 이혼했다는 소식을 알게 됐지요. 여러 말들이 제 머리를 스쳐 지나가더군요. 혜인이는 제게 보낸 편지에서 이렇게 썼습니다. 자신은 너무나 싫지만 그 집에서 엄마가 행복하기를 바란다고요. 더 이상 엄마가 불행하지 않고 할머니가 될 때까지 오래오래 살기를. 우리의 소망은 똑같았습니다. 하지만 그런 미래는 우리에게 찾아오지 않았죠. 그것이 우리들의 실패입니다. 엄마의 영정 사진을 바라보며 그런 생각을 하는데, 서울 아저씨가 제 이름을 불렀습니다. 돌아보니 아저씨는 제게 엄마 생각 많이 나지, 어쩔 수 없다, 그게 사람이다, 라고 말했습니다. 그러더니 양복 안주머니에서 뭔가를 꺼내 제게 내밀었습니다. 받아보니 그건 서너 통의, 제가 혜인에게 보낸 편지였습니다. 재혼한 두 사람이 헤어지고 혜인이와 엄마가 그 아파트를 떠난 뒤 도착한 것들이라고 했습니다. 그들이 이사 간 곳의 주소를 몰라 전달할 수가 없으니 저에게 다시 돌려주는 것이라고 서울 아저씨는 말씀하셨죠. 편지들은 뜯기지 않은 상태였습니다. 그 편지들을 쓸 때는 엄마가 아직 살아 있을 때였죠. 그리고 우리에게는 희망이라는 게, 미래라는 게 있을 때였고요. 제가 그 편지를 뜯어 읽어본 건 대학 2학년 봄의 일입니다. 다시 핀 벚꽃들 앞에서 도망치지 않겠노라고, 〈골드베르크 변주곡〉을 다시 연주한, 죽기 직전의 글렌 굴드처럼 엄마의 병에 대해 알아보겠노라고 결심했을 때였습니다. 편지에는 영영 사라졌다고 생각한 미래가 언어의 형태로 고스란히 남아 있었습니다. 마치 있는 데 없는, 혹은 없는 데 있는, 빅뱅 이전이나 북극의 북쪽 같은 말들처럼. 하늘과 땅은 어질지 않아 우리의 기도를 들어주지 않았지만 그때 우리는 서로의 기도를 들어주고 있었던 것이죠. 비록 나이 많은 나무 아래에서 우리가 수없이 되뇌었던 소망은 이뤄지지 않았지만 들어주기는 했던 것입니다.

　　　）

　　옛날 브리튼섬에 멀린이란 아이가 있었어. 멀린은 아버지 없이 엄마에게서 태어났지. 그래서 사람들은 멀린이 악마의 아들이라고 생각했대. 멀린에게는 미래를 내다보는 능력이 있었어. 아서왕이 태어나기 전부터 멀린은 그의 탄생을 예언했어. 멀린이 없었다면 아서왕의 전설도 없었을 거야.

　　미래를 알고 있어서 멀린은 죽음의 위기에서 아서왕을 여러 번 구해줘. 적들의 속셈을 간파해 그를 대피시키고, 위험한 전투에 나가지 않도록 조언하지. 멀린은 시간을 마음대로 바꿀 수도 있어. 열네 살의 소년이었다가 다음 순간에는 여든 살 노인으로 변신하기도 하지.

　　내가 『아서왕과 원탁의 기사』를 열 번도 넘게 읽었거든. 그러다 보니까 멀린이 어떻게 그런 마법을 펼치는지 알겠더라고. 그 비밀을 네게만 알려줄게. 이야기가 시작되고 얼마 지나지 않아 이런 구절이 나와.

　　그들이 이야기를 나누고 있을 때 시종이 말 두 마리를 끌고 왔다. 아서왕과 멀린은 그 말을 타고 칼레온으

　　　　　　　　　　　　　　　　　　　　　　김연수

로 향했다. 멀린은 아서왕의 죽음에 대해, 그리고 자신의 운명에 대해 예언했다.

이게 무슨 뜻인지 알겠어? 이야기는 이제 막 시작됐는데, 멀린은 책을 끝까지 다 읽은 사람처럼, 한두 번이 아니라 열 번도 넘게 읽은 사람처럼 말한다는 뜻이야. 만약 내가 이야기 속으로 들어가면 어떻게 되는지 알아? 내가 멀린이 되는 거야. 다른 사람들은 책을 처음 읽는 사람들이나 마찬가지니까 바로 다음 페이지에 무슨 내용이 나올지 알 수 없지만 나는 다 아니까. 그다음 페이지도, 다음다음 페이지도, 마지막 페이지도 모두.

"너는 이 전투에서 이길 거야."

이제 어느 페이지를 펼쳐도 나는 이렇게 말할 수 있어.

"네가 사랑할 여자는 따로 있어."

이런 말도 서슴없이 할 수 있고.

"너는 그 성격 때문에 친동생에게 죽을 거야."

이렇게 말해도 정신을 차리지 못하는 기사를 보며 안타까워할 수도 있겠지. 우리가 한 번 더 살 수 있다면 누구나 멀린처럼 예언할 수 있을 거야.

그런데 혜인아, 내가 하고 싶은 말은 지금부터야.

아서왕의 전설에는 멀린처럼 아서왕을 돕는 사람이 또 있어. 호수의 여인 니뮤에야. 아서왕에게 엑스칼리버를 준 여인이지. 그 칼로 아서왕은 수많은 전투에서 승리해. 아서왕에게 니뮤에는 멀린만큼이나 고마운 존재야.

니뮤에는 멀린의 마법을 늘 부러워했어. 자신도 뛰어난 마법사가 되고 싶었거든. 그래서 멀린의 마법을 모두 배울 생각으로 그에게 접근을 해. 멀린은 니뮤에를 보자마자 사랑에 빠져. 하지만 그때 멀린이 본 것은 아름다운 니뮤에뿐만이 아니었어. 니뮤에가 왜 자신에게 다가오는지, 속셈이 뭔지 그리고 자신의 운명이 어떻게 되는지까지도 다 보게 돼. 멀린은 이 이야기를 수없이 반복해서 읽은 사람과 같으니까.

여기서 중요한 것은, 그럼에도 멀린은 니뮤에의 사랑을 받아들인다는 거야. 그건 자신의 운명을 받아들인다는 말과 같아. 멀린은 아름다운 니뮤에를 한시도 내버려두지 않고 어디든 데리고 다녀. 깊은 바다를 건너고 높은 봉우리에 올라가. 사랑에 빠진 두 사람은 이 세상의 가장 아름다운 곳과 가장 험난한 곳을 모두 여행해. 멀린은 니뮤에에게 세상의 신비와 놀라움을 모두 보여줘.

그렇게 둘은 브로셀리앙드 숲으로 들어가 참나무 아래

에서 쉬기로 하지. 여행하는 동안, 멀린의 마법을 모두 배운 니뮤에는 마지막으로 사람을 산 채로 참나무 속에 가두고 영영 나오지 못하게 하는 주문을 가르쳐달라고 졸라. 멀린은 거절해. 마법을 알려주기 싫었다기보다는 니뮤에를 잃어버리는 게 두려웠거든.

하지만 결국 멀린은 니뮤에의 간청을 받아들이지. 그게 그의 운명이니까. 멀린은 그 운명을 힘껏 끌어안아. 니뮤에가 그 마법을 자신에게 사용하리라는 것도, 자신을 참나무에 가두고 떠나버리리라는 것도, 자신은 영원히 죽지 않는 몸으로 이 세계의 탄생과 번영과 종말을 모두 보리라는 것도. 그렇게 사랑은 끝나고 니뮤에는 떠나.

멀린의 목소리를 처음 들은 건 원탁의 기사단을 이끌던 가웨인이야. 그는 브로셀리앙드 숲을 지나가다가 참나무의 목소리를 들어. 깜짝 놀라 누구냐고 묻자 그 목소리는 자신이 멀린이라고 대답해.

"너는 마법사잖아, 멀린. 어서 나무에서 나와."

가웨인이 말해.

"못 나가. 나를 여기에 가둔 니뮤에만이 나를 나무에서 꺼내줄 수 있어. 하지만 니뮤에는 영원히 나를 꺼내주지 않을 거야.”

멀린이 대답해.

“그럼 너는 어떻게 되는 거야? 거기서 죽는 거야?”

“아니야. 나는 나무 위의 유리집에서 영원히 살게 됐어. 너희의 세계를 볼 수는 있지만 내가 직접 바꿀 수는 없어. 그게 나의 운명이야. 나는 목소리로만 너희를 도울 수 있어. 그 목소리를 따르느냐 아니냐는 너희가 결정할 일이야. 너희 세계를 바꾸는 건 너희가 할 일이니까.”

“우리가? 그럼 우리가 뭘 해야 해?”

“아서왕에게 가서 전해. 원탁의 기사들에게 성배를 찾아오게 할 준비를 시키라고. 이제 그 일을 할 때가 왔어.”

그 말을 들은 가웨인은 아서왕의 궁전으로 달려가 자신이 들은 목소리의 말을 전해.

이제 그 일을 할 때라고.

6

그를 만난 9월을 생각하면 어떤 열기가 떠오른다. 그 열기란 당시 용암이 분출하듯 들끓었던 국내의 정세에 대한

김연수

기억 때문이기도 하고, 우리가 만박공원을 돌아다니면서 느꼈던 그즈음의 늦더위 때문이기도 했다. 오사카 외곽의 대학촌에 숙소를 구한 그가 사람들의 눈을 피해 갈 수 있었던 곳은 모노레일로 한 정거장 떨어진 곳에 있던 만박공원이었다. 1970년 오사카 엑스포가 열렸던 곳에 조성된 이 공원에는 당시의 조형물이 하나 남아 있었다. 태양의 탑이다.

"아방가르드 예술가인 오카모토 다로가 오사카 엑스포를 위해 만든 것이죠."

모노레일역에서 입구 쪽으로 걸어가며 손동하가 말했다. 도로 너머로 보이는 태양의 탑에는 두 개의 얼굴을 가진 어떤 존재가 하늘을 향해 기도하듯이 두 팔을 펼치고 있었다. 새 같기도 하고 사람 같기도 하고, 신적인 존재 같기도 했다.

"저 탑에는 모두 세 개의 얼굴이 있습니다. 맨 위의 황금의 얼굴은 미래를 상징한다고 합니다. 처음에는 두 눈에서 빛이 나와 멀리까지 비쳤다니 미래의 얼굴답지 않습니까? 붉은 줄무늬 바탕 위 태양의 얼굴은 현재를 상징하죠. 그리고 뒤에 얼굴이 하나 더 있습니다. 검은 태양, 과거의 얼굴이지요."

"앞에서는 과거가 보이지 않는군요."

"돌아가야만 볼 수 있지만, 과거의 얼굴도 늘 거기 있습니다. 그리고 저 탑 안에는 재미있는 것이 숨어 있지요."

손동하가 말했다.

탑 안에 있는 재미있는 것이란 나무였다.

생명의 나무(生命の樹).

나무는 바닥에서 위로 굵은 줄기가 이어져 있었다. 옆으로 뻗은 가지에는 동물들이 매달려 있었는데, 둥치의 아메바 같은 원생생물을 시작으로, 삼엽충, 플랑크톤, 어패류 등 올라갈수록 진화된 동물들이 나와 이 나무가 생명의 진화를 보여준다는 것을 금방 눈치챌 수 있었다. 우리는 나무를 둘러싸고 나선형으로 올라가는 계단을 따라갔다. 중간쯤 가니 동물들도 바다에서 육지로 올라오고 있었다. 양서류에서 파충류로, 그리고 공룡 시대에 이르렀다.

"이제 저는 많은 사람들에게 비난을 받겠죠?"

손동하가 말했다.

"또 그만큼 많은 사람들이 칭송할 것입니다."

"목소리를 따른 대가로."

그가 말했다.

"제가 다리에서 들은 목소리를 따르기로 결심한 것은, 우연히 읽은 잡지 기사가 떠올랐기 때문입니다. 21세기가 시작되고 얼마 지나지 않아 남쪽의 한 도시에서 지하철 화재가 벌어져 많은 사람들이 희생된 사건이 있었는데, 기억하시죠?”

“기억납니다. 끔찍한 방화였지요.”

내가 말했다.

“기사에는 여러 생존자의 시점으로 사고가 회상되고 있었는데 다소 특이한 인터뷰가 하나 있었습니다. 최초의 발화가 일어난 칸에 앉아 있었던 한 여자의 이야기였습니다. 가까스로 참사를 피한 여자는 이후 죄책감과 트라우마로 정상적인 생활을 하지 못할 정도로 괴로워하고 있었습니다. 자살 시도를 할 만큼 말입니다.”

그가 계단을 올라가면서 말했다.

“방화범을 봤던 것일까요? 참사를 막을 수 있었음에도 그 기회를 놓쳤다면 충분히 그럴 수도 있겠네요.”

손동하는 걸음을 멈췄다. 우리는 이제 포유류를 지나고 있었다. 영장류를 남겨두고 있었다.

“그녀는 어떤 목소리를 들었다고 해요. 직전 역에 도착했을 때. 내려. 내려. 반사적으로 그녀는 자리에서 일어나 문이 닫히기 전에 그 지하철에서 내렸다고 합니다. 그때 자리에서 일어나면서 앞에 서 있던 고등학생과 눈이 마주쳤지요. 기사에서 그녀는 말했습니다. 그 고등학생이 자신의 자리에 앉았다고. 자기 대신에 죽었다고. 그 얼굴을 잊을 수 없다고.

우리가 모두 연결돼 있는 한, 살아남았다는 말은 누군가에게
는 죽었다는 말이 되는 것이겠죠. 목소리를 따른다는 건 그
런 의미인 것 같아요."

그가 쓸쓸하게 말했다.

"우리, 올라가볼까요? 좀 더 미래로."

손동하가 다시 계단을 오르다가 나를 돌아봤다.

"참, 제가 그 기사를 지금까지도 기억하는 건 기사 속
여성의 이름 때문입니다. 정혜인이었죠. 그래서 목소리에 대
한 그 이야기가 잊히지 않네요."

그리고 그는 계속 올라갔다.

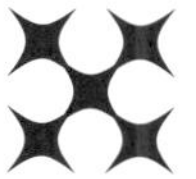

결정적 순간

The Decisive Moment

히라노 게이치로

1. 상담—6월 20일

니혼바시 한 복합 빌딩 안에 있는 오스테리아 트리콜로레라는 이탈리안 레스토랑에서 현대미술관 큐레이터 닛타 사토코 씨와 만남.

닛타 씨는 내가 현대미술관으로 발령받았던 시절의 상사였는데 무척이나 신세를 졌다. 이 문제를 누구에게 이야기하는 건 처음이다.

휴일 점심, 레스토랑 안은 가족 동반 손님들로 북적였다.

우리 테이블은 창가 안쪽 구석이었는데 옆자리는 초등학생 저학년쯤 되는 아이를 데리고 온 엄마들 모임이었다. 영화관에서 애니메이션을 보고 돌아오는 길인지 아이들은 엄마가 사준 관련 상품을 가지고 노느라 정신이 없었다.

적당한 소음으로 오히려 이야기하기 편한 분위기였다.

애피타이저와 메인 요리, 디저트로 구성된 런치 코스와 페리에 한 병을 주문했다.

먼저 애피타이저를 먹으며 닛타 씨는 세 달 전 머리를 자른 일과 흰머리 염색하는 걸 그만두었다는 것을 이야기했다. 그러고 나서 지나가듯 "'사카키' 씨 전시회 가을이었지? 잘되어가고 있어?" 하고 물었다. 내가 메일로 넌지시 밝힌 '상의할 일'의 내용이, 그와는 상관없는 개인적인 일이라고 생각하는 눈치였다.

"실은 그것 때문에 뵙자고 했어요."

"그래? 무슨 문제라도 생겼어?"

"네."

"유족분들 때문에?"

"아뇨. 유족분들은 무척 협조적이세요. 저도 대학원생 때부터 벌써 10년 이상 그 댁에 드나들었잖아요. 사카키 씨 생전에 저녁 대접받은 적도 많고."

"뭐 하는 분이었지?"

"의사예요."

"아, 그러고 보니 들었던 것 같아. 신기하네, 사진작가 아들이 의사라니."

"사카키 씨도 무척 머리가 좋았던 분이니까요."

“그럼 뭐가 문제야?”

이 상황에도 여전히 망설이던 나는 각오를 다지며 아이폰의 사진 앱을 열었다. 그리고 사카키 씨의 아틀리에에서 발견한 것들의 사진을 클릭해 닛타 씨에게 건넸다. 닛타 씨는 힐끗한 뒤 미간을 찌푸리더니 메뉴판 옆에 벗어두었던 안경을 쓰고 화면을 들여다보았다. 잘 모르겠다는 표정이었지만, 한편으로는 이미 이해했다는 듯 거부 반응을 드러냈다.

“사카키 씨가 찍은 거야?”

“확신할 수는 없지만 아마도요……. 배경은 사카키 씨 아틀리에예요. 옆으로 넘겨보세요. 몇 장 더 있어요.”

대충 훑어본 뒤, 닛타 씨는 탄식하며 아이폰을 돌려주었다. 그리고 비스듬히 시선을 둔 채 턱을 괴고 한동안 아무 말도 하지 않았다.

다 먹은 애피타이저 접시를 직원이 치우고 나서야 말문을 열었다.

“무카이노 씨한테는 보고했어?”

‘무카이노 씨’는 신미디어 미술관의 수석 큐레이터로 내 상사다.

아직 하지 않았다고 했더니 닛타 씨는 조금 놀란 표정으로 “할 거지?” 하고 물었다. 그 일까지 포함해 상담할 작정이었다.

"절대 혼자 고민하면 안 돼. 자기를 보호하기 위해서라도 신뢰할 수 있는 사람과 정보를 공유하고 상의하는 게 좋아. 꼭 큐레이터가 아니더라도……. 그래, 학예과 안에서 찾는다 해도, 나라면 철학, 행동심리학, 사회학, 역사학…… 그리고 미술사까지. 그런 다양한 분야의 전문가와 상의해서 개최 여부를 검토할 거야. 만약 개최하게 된다면 어떤 형태로, 어떤 범위에서 가능할지 만반의 준비를 해야 해."

"다른 분들과 상의할 경우에는 물론 이 사진 내용에 대해 언급해야겠죠?"

"그렇지……. 개최한다면 말이야. 이미지 자체를 공개할 수 없겠지만 전시회 해설이나 도록에서 언급하든지, 아니면 학회, 연구서, 기고나……. 그건 무카이노 씨가 알아서 하겠지만. 아무튼 그 단계로 가기 전에 한시라도 빨리 믿을 만한 사람과 책임을 분담해두지 않으면 나중에 미즈마키 씨가 큰 곤욕을 치르게 될 거야."

'자기를 보호한다'는 닛타 씨의 말에 정신이 번쩍 들었다. 그런 걸 전혀 생각하지 않았던 건 내 불찰이었다. 뒤늦게 사태의 심각성을 다시 인식했다.

"그리고 본인이 어떻게 대처했고, 누구에게 어떤 조언을

                                          히라노 게이치로

받았는지 한 글자도 빼놓지 않고 전부 세세하게 기록해둬. 분명 나중에 도움이 될 거야. 애초에 엄밀하게 따지자면 미즈마키 씨가 이 사진을 가지고 있는 것도 불법 아냐?"

이런 닛타 씨의 조언을 따라 집에 돌아온 뒤 지금 이 글을 쓰고 있다. 하지만 무엇을 어디까지 기록해야 할지 잘 모르겠다. 닛타 씨는 훗날 공표할 때에 대비해 블로그처럼 쓰는 게 낫지 않겠냐고 했다.

그렇다면 매번 대화를 녹음하는 게 좋다. 그 편이 증거로서 효력을 발휘할 것이다. 하지만 일일이 동의를 얻는 건 번거로울 수 있다.

메인 요리가 나왔다. 닛타 씨는 파스타, 나는 닭고기 요리를 먹었다.

사흘 전에 그것을 발견한 뒤로 밥이 좀처럼 목으로 넘어가지 않았다. "억지로라도 먹어둬"라는 닛타 씨의 말에 전시회 준비도 손에 잡히지 않는다고 털어놓자, 그는 내 속내를 알아보려는 듯 한동안 물끄러미 나를 바라보았다. 당혹스러울 정도의 긴 침묵이었다.

아마 목에 걸린 말을 정말 입 밖으로 내도 되는지 망설이고 있었으리라. 대화를 기록해야 한다고 조언한 건 다름 아닌 닛타 씨니까.

닛타 씨는 이내 옆 테이블로 시선을 돌려 뺨을 맞대고 게임에 열중한 아이들의 모습을 바라보았다. 아니, 바라보았다기보다는 노골적일 만큼 빤히 보고 있었다. 딱히 시끄럽지는 않은데 자리에서 일어나 모여 있는 게 신경 쓰이는 걸까, 하고 나는 닛타 씨가 할 법하지 않은 생각을 했다.

그중 한 아이의 엄마가 시선을 알아채고 우리를 돌아보자 닛타 씨는 쓱 눈을 돌렸다. 그리고 굳은 표정으로 시선을 아래에 고정한 채 힘없이 고개를 저었다.

"무카이노 씨가 판단하기 전에 내가 이렇게 말하는 것도 좀 그렇지만…… 개최는 어려울 거야."

그 말을 듣고서야 비로소 닛타 씨가 옆자리 아이들의 모습을 그것에 겹쳐 보고 있다는 사실을 알아챘다.

그리고 두 달 반도 남지 않은 시점에서 전시회 중지가 현실이 될 수 있음을 인지한 것도 이때였다.

만일 그렇게 되면 대학원 때부터 해오던 내 연구는 어떻게 되는 거지?

정말 그런 문제일까? 개최해야 한다는 쪽의 의견을 가진 사람과 상의한다면…… 과연 누가 있지?

개최를 중지하는 사태만큼은 피하고 싶었다. 무엇을 위해 큐레이터가 되었는지조차 알 수 없었다.

2. 미술관

"……미술관 건축에는 먼저 '닫는' 기능이 필요합니다. 귀중한 작품과 역사적인 미술품을 유지, 보존하기 위해 먼저 닫을 필요가 있죠. 왜 닫느냐, 열기 위해서죠. 왜 보존하느냐, 미래 세대를 향해 열기 위해서입니다. 미래 세대가 그것을 체험할 수 있도록 보존하는 겁니다. 때문에 닫는 것과 여는 것은 대립 관계가 아니라 근본적으로 하나입니다."

　　─니시자와 류에 『미술관을 둘러싼 대화』

3. 사생활─6월 22일

구보타 도루가 나카메구로에 있는 미즈마키 가스미의 맨션을 찾은 건 약속한 오후 3시경이었다.

택시를 타고 온 것 같았지만 땀을 살짝 흘리고 있었다.

"뭐 사 왔어?"

"더워서 모히토 생각이 나더라고. 라임이랑 민트 사 왔어. 그리고 사는 김에 이것저것."

예전에도 이런 적이 있었다. 가스미의 집에는 마시다 만

바카디 화이트 한 병이 보관되어 있었다. 구보타가 없을 때 가스미가 그 술에 손을 대는 일은 없었다.

대학 시절 바에서 바텐더 아르바이트를 했던 구보타는 주방 냉동고에서 얼음을 꺼내 망치로 두드려 요령 있게 얼음을 깼다.

모히토 두 잔이 완성되자 소파에 앉아 건배했다. 쓴맛이 나오지 않을 정도로 잘 뭉개진 민트 향이 혀 위 라임의 산미와 설탕의 단맛을 타고 시원하게 코를 찔렀다. 차갑게 식힌 페리에로 만들어서 과즙이 섞여도 탄산이 빠져나가지 않고 큼지막한 기포가 따끔할 정도로 목을 자극했다.

매사에 요령이 좋은 구보타는 대부분의 일을 무난하게 처리했다. 음식도, 운전도, 대화도, 섹스도, 모두 이 모히토를 만들듯 해냈다. 모든 면에서 부족함이 없었지만 그렇다고 그것을 자랑하는 듯한 느낌도 아니었다. 당연하다는 듯 담담하게 해냈지만 역시 자신감이 느껴졌다.

물론 못하는 일도 많을 테고, 운동하는 모습 같은 건 상상할 수 없었다. 잘하는 것만 관심이 있는지, 관심이 있는 일은 잘하는 것인지는 알 수 없었지만, 그는 꼴사납거나 추한 모습을 결코 보이지 않는 사람이었다. 그리고 그렇게 능숙하게 해내는 일 중 하나가, 한 달에 한 번꼴로 대략 3년쯤 이어

　　　　　　　　　　　　　　히라노 게이치로

져은 가스미와의 불륜 관계였다.

가스미는 구보타가 사 온 복숭아를 하나 잘라서 안주 삼아 먹었다. 최근의 엔저 현상에 대해 이야기를 나누다, 좀 안정되면 같이 해외여행이라도 가고 싶다고 말했다. 둘 다 아마 진심은 아니었을 것이다. 하지만 그런 공상을 잠시나마 공유하는 데 전혀 의미가 없지는 않았다. 같은 시간을 공유하는 상대가 있다는 사실만으로도 충분했다.

화제가 끊기자, 가스미는 사카키 미노루에 대해 이야기를 꺼낼까 생각했다. 말하면 구보타는 친절하게 귀를 기울여 줄 것이다. 하지만 이야기가 길어질 것 같았고, 전문가도 아닌 그에게서 기대할 수 있는 조언은 별로 없었다. 아마도 자상한 태도로 동정하며, 그답지 않게 어설픈 의견을 늘어놓겠지. 그렇게 되면 결국 반박할 수밖에 없을 테니, 그런 일에 모처럼 함께 보내는 시간을 쓰고 싶지 않았다.

구보타는 이미 대화에 싫증을 내기 시작한 듯했다. 그래서 가스미는 먼저 다가가 그대로 입을 맞췄다. 뺨에 닿은 손에 남아 있던 강렬한 라임 향이 희미한 반짝임과 함께 느껴졌다. 기나긴 포옹 뒤에 여느 때처럼 순서대로 샤워를 하고 정사를 치렀다.

에어컨 소리만 울려 퍼지는 실내. 정사가 끝난 뒤의 가쁜 숨소리가 기절할 듯 쏟아지는 졸음 속에서 급격히 잠잠해졌고, 그 자리를 고요한 권태가 채웠다. 아주 잠깐 눈을 붙인 줄 알았는데, 차콜그레이 커튼 너머로 비쳐드는 저녁노을 빛깔을 보아하니 꽤 오래 잠들어 있었던 것 같다고 가스미는 생각했다.

둘 다 전라 상태로 담요 한 장을 덮고 서로의 체온을 나누고 있었다.

움직이는 기척에 구보타도 눈을 떴다.

"아……. 깜빡 잠들었네."

"나도."

"뭔가 몸이 침대로 가라앉더니…… 그대로 녹아버린 것 같아."

이 관계는 가스미에게 안정감을 주었다. 그리워하는 마음은 매달 한 번씩 차올랐다 저무는 달처럼 크게 호를 그리며 찾아왔고, 그것은 서로의 육체가 끌리는 타이밍을 뜻했다. 둘 다 직접적으로 말하지는 않았지만 가스미는 그저 만나서 이야기하는 것만으로는 부족함을 느꼈고, 생리 주기가 그와의 만남과 겹치지 않도록 일정을 조정했다.

한 달에 한 번이라는 간격은 그간 쌓인 이야기들을 함

께 코내는 다섯 시간 동안 쏟아내기에 딱 좋았다. 더 자주 만나면 그만큼 이야깃거리도 빨리 바닥나고 대화 사이에 드문드문 공백이 생기겠지. 혹은 그 시간에 다 소화할 수 없는 이야기를 꺼냈다가 꺼림칙한 기분으로 끝날 게 분명했다. 그러한 관계가 얼마나 얄팍하고 무른 것인지 충분히 인지한 채 두 사람은 나름대로 신경을 써가며 그것을 소중히 이어가고 있었던 것이다.

배달 앱으로 프렌치 비스트로에서 파테와 샐러드, 오리 콩피 같은 걸 주문해 카베르네 쇼비뇽을 땄다.

구보타는 올해부터 도입된 AI가 직장에 얼마나 큰 변화를 가져왔는지에 대해 이야기했다. 미술관에서도 이미 사용해보았는데, 자료 조사에는 편리했지만 생각지도 못한 곳에 오류가 숨어 있었고 문헌을 날조하는 나쁜 버릇도 있어서 완전히 신뢰할 수는 없었다. 그럼에도 새로운 것을 선호하는 학예사들은 아이들을 대상으로 하는 프로그램에 시험적으로 AI를 도입해 사진에 대해 '무엇이든 질문해보자!'라는 기획을 통과시켰다. 가스미는 그 결정에 반대하는 입장이었다.

여느 때였다면 구보타가 돌아간 뒤에야 가벼운 우울감이 시작되었을 텐데, 어째서인지 이날은 그가 떠나기도 전에 찾아와 도중부터 말을 잇는 것조차 버거워졌다. 정신적으로도 육체적으로도 지쳐 있었고, 그 탓에 평소보다 빨리 취한 상태였기 때문일지도 모른다.

9시쯤 되어 왠지 나른해질 무렵, 구보타는 힐끗 시계를 보더니 "그만 가봐야겠네" 하고 돌아갈 채비를 했다. 가스미도 마침 같은 생각을 하던 참이었다.

마지막으로 현관에서 포옹을 하고 입맞춤을 나눈 뒤, "다음에 봐" 하고 그를 배웅했다.

그로부터 두 시간쯤 가스미는 소파에 늘어져 있었다.

싱크대에 쌓여 있던 그릇들을 설거지한 뒤 마지막으로 음식물분쇄기를 돌리자 소음과 함께 산산이 부서져가는 라임 향이 상쾌할 정도로 코를 자극했다.

관계의 중심에서 빠져나와 서서히 멀어지며, 가까이서 보던 것이 점차 멀리서 바라보는 것으로 바뀌자 관계 직후보다 오히려 애매한 피로감이 느껴졌다. 한 달마다 반복적으로 덮쳐오던 그의 육체의 무게가 마치 식어버린 찌꺼기처럼 자신 안에 쌓여 있었고, 그것을 어떻게 처리해야 할지 알 수 없었기 때문이다.

처음부터 불륜이라고 선을 그어둔 관계라고 생각했지

만, 평범하게 '사귄다'고 믿는 커플들 역시 아마 자신들과 하는 일은 크게 다르지 않을 것이다.

그가 이 관계를 위해 유지하는 태도가 세련될수록, 오히려 구제할 수 없을 만큼 멍청하다고 느꼈다. 그렇게 따지고 보면 그녀 역시 그 혐의에서 자유로울 수 없었지만, 어리석은 건 오로지 그 혼자뿐이라는 생각이 들었다. 그것은 그를 진실르 사랑하고 있다고 느끼는 것만큼이나 그녀에게는 위험한 일이었다. 왜냐하면 그녀는 자신이 이 관계에 의존하고 있으며, 언젠가 그것을 공허한 것으로 여기게 될까 봐 두려워하고 있었으니까.

그와 몸을 섞을 때마다 얻는 쾌감은 육체적으로 다소 강렬했고, 썰물처럼 자신 안의 여러 가지를 앗아 가곤 했다. 그로 인해 그것이 빠져나간 뒤의 공허 앞에서 그녀는 늘 망연해졌다. 불안하기도 하고 두렵기도 해서 마음이 꺾여버릴 것 같았다. 그런 상태에서 회복을 시도하는 몸속의 기능은 가스미가 삶의 다른 일들을 위해 필요로 하는 에너지를 과도하게 요구하고 있었다.

수도를 잠그고 한동안 가만히 서 있다 음식물분쇄기 뚜껑을 열고 안을 들여다보았다.

산산이 갈린 라임 잔해가 아직 어렴풋이 남아 있었다.

물때와 음식물쓰레기에 섞여 더러웠지만, 그럼에도 형언할 수 없을 만큼 신선했다. 여운을 아쉬워하듯 그 향기를 느끼다, 문득 이제는 그와 다시 만날 일은 없겠구나 하고 생각했다.

그와의 관계가 시작된 직후부터 주기적인 만남의 바깥에서 더 큰 호를 그리며 자신을 향해 날아오던 공이 마침내 손안에 툭 떨어진 느낌이었다. 붙잡으려는 의도는 거의 없었지만 그녀는 우스꽝스럽게도 자연스레 그것을 받아들였다.

4. 도록 해설 재교에서 발췌

Ⅱ. 『카이로스 크로노스』

극단 덴조사지키(天井桟敷)의 미술감독을 맡고 있던 야마자키 히로시가 떠나고 뒤이어 미술 스태프로 들어온 사카키 미노루는 당시 전속 카메라맨이었던 스다 잇세이와 만나 1970년 안보투쟁의 와중에 손을 뗐던 사진 활동을 재개한다. 처음에는 '스다 씨에게 부탁할 것까지 없는 기록용 사진으로' '과정을 남겨야 할 필요성'에 의해 제작 중인 무대를 촬영했다. 하지만 '아직 완성되지도, 시작되지도 않은 허구'를 위한

무대장치가 인화지 위에서 그 자체로 지닌 리얼리티를 드러
낸 순간, 사카키는 "옛날에 닥치는 대로 거리 풍경을 촬영했
을 때와는 확연히 다른 공간 감각과 시간 감각에 휩싸였"다.
"그때부터 오히려 현실이 허구적인 삶의 무대장치처럼 보이
기 시작해서 어쩔 도리가 없었습니다. 물론 데라야마 슈지의
영향도 컸지만, 랭보의 「지옥에서 보낸 한 철」에 나오는 '나는
가공의 오페라가 되었다'라는 한 구절이 떠올랐죠. 단순한 비
유가 아니라 문자 그대로였구나 생각했습니다."(*5)

스다의 추천으로 『카메라 마이니치』(1971년 2월~1973년
12월호)에 작품을 발표하게 된 사카키는, 그 일련의 작품을
사진집 『카이로스 크로노스』(하쿠아칸, 1974년)로 엮어냈다.

그리스 신화에서 카이로스(Καιρός)는 '기회'를 신격화한
남신으로 어떤 한 점의 시간, 즉 순간을 의미한다. 그에 비해
크로노스(Χρόνος)는 '시간'을 신격화한 신으로 지속적인 시간
을 상징한다.

펼침면의 왼쪽 페이지에는 '카이로스'의 시간, 오른쪽 페
이지에는 '크로노스'의 시간을 배치하는 콘셉추얼한 구성을
취했고, 처음부터 끝까지 펜타콘6으로 촬영한 6×6센티미터
사이즈의 정사각형 사진이 절제된 질서 속에 배열되어 있었다.

사카키는 다음과 같이 설명한다.

"니엡스(Niepce)가 필요로 한 여덟 시간이라는 노출 시간은 금세 단축되어, 그 후 사진작가들은 시간을 한없이 미분하여 '찰나에 사라지는 상(Images à la Sauvette)'을 추구해왔다. 변해가는 시간의 흐름에 섞여 놓쳐버리는 현실을 붙잡아, 그 모습을 폭로하려는 양. 혹은 그 격투의 기록 자체를 보존하려는 듯이.

하지만 그것을 '결정적 시간(The Decisive Moment)'이라 바꿔 부르는 것은 토끼를 거북이라 잘못 부르는 것처럼 위화감이 느껴진다.

애초에 '결정적'이란 무엇을 '결정'하는가? 피사체의 본질? 하지만 우리가 어떤 사물에 대해 그 본질을 안다는 인식을 갖게 되는 것은 대체로 오랜 시간의 지속을 통해서다. 그렇다면 사진은 대체 무엇을 찍고 있는 것일까? 아니, 사진작가는 무엇을 찍었다고 생각하는 것일까?

예를 들어 나는 최근에 렘브란트의 〈노부인의 초상〉이라는 그림을 보았는데, 그가 그린 것은 시간의 흐름에 따른 변화의 결과로서의 노화일까? 아니면 수 초가 지나는 동안의 순간적인 표정일까? 한 점 그림 속의 표정만으로—그것이 밝든 어둡든—노파의 인생과 그 인간성의 본질을 꿰뚫어 본다는 것은 애당초 불가능한 일이다.

하지만 나는 다시 생각한다. 우리가 잘 안다고 생각하는 인물이나 사물에도 생각지도 못한, 미지의 무언가가 현현(顯現)하는 순간이 있다. 그것은 반드시 본질이 아니라도 좋다. 오히려 본질이 본질로서 완결하기 위해 불가결한 파탄, 즉 예외적 요소인 것이다."(*6)

『카이로스 크로노스』는 현실을 물질적인 생생함과 함께, 때로는 폭력적이고 격정적으로 뜯어내 인화지에 정착시키려 한 동시대의 『프로보크(provoke)』적 방법론에 대한 대안적 시도 중 하나로 평가되었다. 그러나 그 도식적이고 너무나도 정연한 이분법적 외관에 대해서는 '사진이 본래 가진 자유로움의 관념적인 질식'(*7)이라는 부정적인 의견도 있었다.

하지만 『카이로스 크로노스』를 다시 주의 깊게 살펴보면, 이러한 이분법적 시간의 배분을 전제로 삼으면서도, 사진이 포착하는 복잡한 현실의 시간층이 서로 스며들듯 섬세하게 교차하고 있음을 알 수 있다.

사카키의 언급대로 렘브란트의 〈노부인의 초상〉에서 영감받은 듯한 〈노파〉(cat. no. 16)는 '카이로스'의 포트레이트가 카메라를 설정하는 척하다 불시에 찍은 웃는 모습인 반면, '크로노스' 쪽의 굳은 표정의 증명사진 같은 포트레이트는 피사체의 동의를 얻어 촬영한 것이라 설명되어 있다. 하지만 설령 두 페이지가 뒤바뀌어 있었다 하더라도 관람자는 쉽게 납득했을 것이다. 아이덴티티를 증명하기 위한 사진은 기본적으로 정적인 얼굴 표정에 중점을 두는 까닭에, 역동적인 표정은 억제될 것이 요구된다. 그것은 오늘날 얼굴 인식 기술에서도 기본적으로 다르지 않다. 그러나 오랜 시간을 거쳐 형성된 인간성의 발로라는 점에서, 오히려 그 순간적인 표정이 훨씬 본질적으로 느껴진다. 이러한 혼란이야말로 사카키가 의도한 바였다.

〈파도 소리 5월 15일〉(cat. no. 20)은 오키나와 반환 직후 요나구니섬의 로쿠조 해변에서 촬영된 작품으로, 근거리에서 포착한 파도와 장시간 노출로 담아낸 머나먼 수평선의 대비가 특징이다. '카이로스' 페이지의 사방으로 흩어지는 파도의 물보라는 분명 찰나의 광경이지만, 이 땅에서 수만 년 전부터 반복돼온 '크로노스'적 시간을 환기한다. 한편, '크로노스' 페이지의 고요히 빛나는 해수면은 영원에 대한 상상력을 불러일으키는 동시에 '5월 15일'이라 적힌 날짜 표기를 통해 관람자의 의식을 특정한 시점으로 끌어당기며 장시간 노출로 소실된 찰나에 대한 감각을 자극한다.

이처럼 사진 속 시간의 복층적 구조가 서로 스며드는 양상을 효과적으로 표현하기 위해, 역설적이게도 사카키는

　　　　　　　　　히라노 게이치로

도식적인 이분법을 선택한 것이다.

Ⅲ. 『두 사람(二人)』

『두 사람』(주오코론샤, 1978년)에서도 사카키는 언어적 프레이밍이 사진의 해석 가능성을 봉쇄하기보다 오히려 해방한다는 점을 활용한다.

사카키가 당시 게리 위노그랜드의 영향을 크게 받았다는 사실은 본인도 인정하고 있으며(*8), 『두 사람』의 거리 스냅 촬영에도 라이카 M4를 사용했다. 그럼에도 그가 오늘날까지 '콘포라 사진'의 문맥에서 논의되는 이유는 생전부터 자주 비교되곤 했던 고초 시게오, 특히 사진집 『자아와 타자(Self and Others)』의 존재가 컸다.

고초의 『자아와 타자』는 확실히 언뜻 보면 『두 사람』과 비슷한 인상을 준다. 그러나 고초의 사진에서 피사체인 인물들은 기본적으로 촬영자와 마주하며, 그를 향한 표정이 포착된다. 작품이 고초 자신의 보는 시선/보여지는 시선을 묻는 것인 데 반해, 『두 사람』에서 촬영자로서 사카키의 존재는 신중하게 지워지고, 피사체는 오직 그 장소의 상황과 환경 그리고 함께 있는 사람에 의해서만 존재한다.

유년기에 앓았던 척추결핵으로 인해 생긴 고초의 신체

적 핸디캡은 직접 화면에 드러나지 않음으로써, 오히려 피사체의 표정을 통해 사진에 더 깊이 각인된다.

반면 사카키의 경우, 촬영자는 오늘날의 방범카메라를 연상시키는 무관계와 우연성의 증언자에 가깝다. 사카키 본인은 이러한 '관음증'적 시선에 대해 당시 탐독하던 사르트르의 『존재와 무』로부터 영향을 받았다고 밝힌 바 있다.(*9)

『두 사람』 역시 일반적 사진집과는 달리, 각 페이지를 '한 사람' '두 사람' '세 사람' '복수'로 피사체의 수에 따라 명시적으로 분류하는 개념적 구성을 취하고 있다. 그중에는 〈요요기 1975. 6. 22〉(cat. no. 29)처럼 장마철 하늘 아래 버스 정류장에 서 있는 회사원풍의 남성이 문자 그대로 한 사람만 찍힌 사진도 있고, 〈신주쿠역 1974. 11. 10〉처럼 인파 속 말다툼하는 커플을 찍으면서 두 사람 이외의 인물은 아웃포커스로 처리한 사진도 있다.

제목이 왜 『두 사람』인지에 대해, 사카키는 다음과 같이 설명한다.

"저에게 중요한 건 2라는 숫자입니다. 단수가 복수가 되는 건 2부터죠. 2는 복수의 최소 단위입니다. 사회에서 인정받는 가치관이 하나뿐일 때, 대안으로 또 다른 가치관을 제시할 수 있다면 크게 한 걸음 나아간 것이라고 할 수 있겠죠.

전쟁 중의 천황제나 소련의 스탈린주의에 대한 반성이 바로 그런 예입니다. 한편으로 일원론인가 이원론인가 다원론인가를 생각해보면, 이원론과 다원론 사이에는 단절과 긴장이 존재합니다. 선이냐 악이냐, 자본주의냐 공산주의냐, 남자냐 여자냐……. 이런 사고방식은 제3항의 개입을 강하게 거부합니다. 2는 그런 의미에서 매우 배타적인 숫자이기도 하죠. 1도 다수도 되려 하지 않으니까요. 연애도 기본적으로 일대일이라 2니까요. 3이나 4가 되면 문제가 생기죠(웃음). 그래서 2는 다원성의 첫걸음으로 열려 있는 면과 끝까지 이원론으로 닫혀 있는 면이 모순적으로 공존합니다. 그래서 2라는 숫자에 집착하는 겁니다."(*10)

5. 「결정적 순간(The Decisive Moment)」

그 상자만 열지 않았다면, 지금쯤 아무 일 없이 전시회 준비를 진행하고 있었을 것이다.

무언가 다른 일에 몰두해 있지 않으면 불현듯 그때의 광경이 되살아났다. 그러면 가슴속에서 형언할 수 없는 불쾌한 두언가가 대리석 무늬를 그리듯 일렁이며 퍼져, 바늘처럼 날카롭게 주변으로 스며든다.

　　그날, 6월 17일 오전부터 사카키 미노루의 아틀리에에 들어가 혼자 작품을 정리하고 있었다.

　　7평 반쯤 되는 방 한쪽 벽면을 가득 채우듯 철제 선반이 설치되어 있었고, 서랍 속에는 명확한 의도에 따라 꼼꼼하게 정리된 크고 작은 프린트가 보관되어 있었다.

　　창문에는 차광 커튼이 쳐져 있었다.

　　지유가오카역에서 고급 주택가를 빠져나와 조금 걸어가면 나오는 오래된 단독주택이었다. 대학원생 때부터 미즈마키 가스미는 몇 번이나 그 집을 찾았다.

　　저작권 상속자인 외아들 사카키 다쓰오가 문을 열어줬다. 사카키 미노루가 살아 있을 때 내과의사인 아들과 함께 셋이서 식사한 적도 있다.

　　"저는 잠깐 볼일이 있어 나갔다가 오후 5시쯤 돌아옵니다. 그 전에 가시게 되면 열쇠를 다시 거기에 숨겨두고 가세요."

　　프린트를 한 장씩 디지털카메라로 촬영해 작업용으로 아카이빙했다.

　　아직 인화하지 않은 필름도 많이 남아 있어서 한 장씩 보다 보니 새로 발견한 것도 많았다. 예를 들어 『두 사람』은

　　　　　　　　　　　　　　　　　　히라노 게이치로

촬영 당시 완전히 무작위로 피사체를 골랐고, 인원수에 따른 구성 아이디어 역시 처음에는 명확하지 않았다는 것을 알 수 있었다. 이건 사카키에게 직접 들은 적도 있지만, 필름 형태 그대로 프린트에 옮겨 전시하는 것도 의미가 있다는 생각이 들었다.

그 밖에 젊은 시절 일기나 노트, 스케치, 암실에서 사용하던 도구, 아틀리에에 걸어두었던 나가르주나의 말씀을 적은 글씨 등, 평소 사진전에서는 좀처럼 볼 수 없는 것들까지 전시를 검토하고 있었다.

사카키 미노루 전시회를 자신의 손으로 개최하는 게 대학원 시절부터 미즈마키 가스미의 꿈이었고, 사카키 본인과 처음 만난 날에도 반드시 큐레이터가 되어 실현시키겠다고 선언했었다.

그의 창작 현장에서, 마치 그와 대화하듯 작품과 유품을 정리하는 이 시간은 '지극히 행복한 시간'이자, 또한 그에 대한 감정적 애도 작업이기도 했다. 이곳에서 함께 사진을 보며 몇 시간이고 대화를 나눴던 기억이 떠올라 눈물지은 적도 한두 번이 아니었다. 막중한 책임감을 느끼면서도, 전시회에 대한 반응을 상상하면 흥분을 억누를 수 없었다.

근처 카페에서 점심을 해결하고 돌아온 뒤, 창가 의자에 앉아 한동안 멍하니 있었다. 살짝 땀이 났다.

늘 사카키가 앉아 있던 자리였다. 이곳에서 아틀리에를 바라보면 그의 생각을 되짚어볼 수 있을 것 같았다. 확실히 무언가를 발견하리라는 기대를 품고 있었던 것이다.

미즈마키 가스미는 마치 틸만스의 사진을 보듯 아틀리에를 보고 있었다. 그 때문에 오히려 보이게 된 게 있었을 것이다. 초점이 맞지 않는 듯 불확실한 이미지만이 선명하게 찍힌, 인간의 육안으로는 포착이 불가능한 사진처럼.

그녀는 철제 선반과 나란히 놓인 책장 구석에, 대사절(27.9×35.6센티미터) 크기의 일포드 인화지 상자가 옆으로 꽂혀 있는 것을 알아챘다. 이제껏 제법 자주 드나들었지만 신기하게도 본 기억이 없다.

일어나 손을 뻗어 무심코 뚜껑을 열었다. 안에는 컬러 프린트가 들어 있었다. 맨 위에 놓인 이미지가 눈에 확 들어온 순간, 미즈마키 가스미는 온몸이 굳었다. 반사적으로 들이마신 숨조차 다시 내쉬지 못한 채, 이내 격렬한 심장박동에 떠밀리듯 크게 숨을 토해내며 "어?" 하고 소리를 냈다.

초등학교 6학년쯤 되는 짧은 머리의 소년이 수줍은 듯 굳은 미소를 띠고 똑바로 서 있었다. 전라였다. 두 번째는 의

자에 앉아 국부에 손을 얹고 있었고, 세 번째는 그 부분을 클로즈업한 이미지였다. 네 번째는 네발로 엎드린 자세. 다섯 번째는……. 그 시점에서 도저히 견딜 수 없어 일단 상자를 책상에 올려두었다. 빈혈처럼 눈앞이 핑 돌아서 그대로 의자에 주저앉았다.

한동안 그렇게 눈을 감고 있었다. 심장이 온몸에 울려 퍼질 정도로 격하게 뛰었다.

이 아틀리에에서 촬영한 것이 분명했다.

저게 대체 뭐지? 저 소년은 누구지? 언제, 어떤 상황에서 찍은 거지?

확인해야 할 게 많았지만, 모두 말이 되지 못한 채 뇌리에 떠올랐다 이내 사라졌다. 그녀는 어쨌든 미간을 세게 찡그려, 그 한 곳에 힘을 쏟아 자신을 지탱하려 했다.

눈을 뜨고 아틀리에를 바라보았다. 무엇 하나 달라진 건 없었지만, 자신이 방금까지와는 완전히 다른 세상에 존재하고 있다는 걸 느꼈다.

미즈마키: "……메일에 첨부한 파일 보셨어요?"

무카이노: "봤어. 이제 간부들과 상의해봐야겠지만, 한 달 정도면 결론이 나겠지."

미즈마키: "……."

무카이노: "힘들게 여기까지 준비했는데, 미즈마키 씨에겐 정말 안타까운 일이지만 알게 된 이상 어쩔 수 없잖아."

미즈마키: "……중지하는 건가요?"

무카이노: "다른 선택지는 없을 거야. 지난 몇 년간 컴플라이언스 열풍에 나도 질렸지만, 이건 그 이전의 문제니까. 2014년 법 개정 이후로 아동 포르노는 소지 자체가 불법이잖아. 표절이나 사상적 문제라면 달리 생각해볼 여지도 있고, 성적 표현이라 하더라도 옹호해야 할 내용이라면 '안전 배려 의무'에 따라 경고를 붙이거나 관람 구역을 분리하고, 연령 그러데이션을 두는 방식으로 전시를 검토할 수 있겠지. 하지만 소아성애는 절대 불가능해……. 그건 미즈마키 씨도 알잖아. 전시가 가능하다고 봐?"

미즈마키: "물론 그 사진은 전시가 불가하고, 저도 처음부터 그럴 생각은 없었어요……. 다만, 그건 작품이라고 보지

않습니다. 그와는 별개로 사적으로 소유하고 있던 사진이라면……."

무카이노: "오히려 그게 더 문제야."

미즈마키: "원칙적으로는 그렇게 말해야겠지만, 큐레이터가 개인 소유물의 성격까지 모두 검증해야 할까요?"

무카이노: "지금은 불법이니까. 나온 게 마약이라도 역시 중지할 거야."

미즈마키: "그렇다면 작품으로 간주해 옹호할 방법은 있을까요?"

무카이노: "볼 수 있다면 말이지. 근데 저게 과연 작품이야?"

미즈마키: "……."

무카이노: "나도 역시 단순 아동 포르노 소지와는 다르다고 봐. 사카키 씨는 사진작가잖아? 권투선수가 거리에서 싸워 사람을 다치게 하면 일반인보다 더 무거운 책임이 따르지. 직업상 보유한 기술을 악용하는 거니까. 회사원이나 음악가가 이런 사진을 소지한 것과는 달라. 나는 오히려 더 중하다고 봐. 사카키 씨와는 상 심사위원으로 한동안 함께 일했고, 인간으로서도 작가로서도 존경하지만, 살아 계셔도 직접 그렇게 말했을 거야. 어설픈 형태로 강행했다가 보이콧이 일어나

면, 미즈마키 씨의 큐레이터 경력에도 큰 흠이 될 거야."

미즈마키: "하지만 개막까지 이제 두 달밖에 안 남았고, 앞으로 결정하는 데까지 한 달이 필요하다면…… 중지할 수 있을까요?"

무카이노: "결정은 더 서둘러 내릴 거야. 아니, 도쿄도(都)에 보고하면 즉시 아웃일걸."

미즈마키: "……정말 우연히 보게 된 건데, 못 보고 전시회를 열었을 가능성도 있었던 거잖아요."

무카이노: "근데 이제는 봤잖아? 그렇지? 게다가 이렇게 다른 사람과 공유했고. 그런 평행 세계 같은 얘기를 지금 와서 해봤자 무슨 소용이겠어. 나도 안 봤다면 몰랐겠지만, 알게 된 이상 이미 책임은 발생했어. 내 입장에서 이걸 못 본 걸로 하라고 지시하면, 그거야말로 직장 내 괴롭힘이지."

미즈마키: "……."

무카이노: "봤는가 안 봤는가, 그 문제에서 한발 떨어져서 전체를 보자고."

미즈마키: "사카키 씨가 그럴 줄은 몰랐다는 생각은 들지만, 사람이니까 누구나 조금씩 떳떳지 못한 면이 있을 테고, 그건 이해해야 한다고 스스로를 설득하려 애쓰고 있어요. 감정적으로는 저도 정말 힘들고 받아들일 수 없지만…… 그렇

다고 예술가에게 성인군자 같은 도덕성을 요구할 수는 없다고 봐요."

무카이노: "성인군자처럼 살라는 말은 아무도 안 했어. 그런 쪽으로 논의를 가져가는 건 좀 아니지 않나 싶은데. 우선…… 그래, 그런 근본적인 논의는 일단 제쳐두고 실무 얘기만 하자. 사립미술관이라면 어쩌면 다른 방식도 생각해볼 수 있겠지만, 우리 같은 공립미술관에서는 무리겠지? 우리는 도쿄도에서 지정한 관리 단체가 운영하고 있잖아. 미즈마키 씨도 내 입장이 되면 맞닥뜨릴 문제야. 부관장도 도쿄도 부장급 인사고, 파견 나왔다가 2년이 지나면 다시 돌아가. 운영 구조가 이런데, 애당초 은폐하는 게 가능하겠어?"

미즈마키: "은폐……가 되는 건가요?"

무카이노: "그렇지, 미즈마키 씨뿐 아니라 나도 이미 알게 됐어. 게다가 가령 아무것도 모른 채 전시회를 개최했다 치자. 미투(MeToo) 이후의 사회 분위기에서는 사진에 찍힌 피해자가 고발할 수도 있어. 전시 자체를 문제 삼을 수 있다는 거지. 이 사진작가는 예전에 나에게 이런 끔찍한 짓을 했다고. 그 사람들에겐 그럴 권리가 있잖아?"

미즈마키: "그건…… 그렇죠."

무카이노: "피해자가 실재하는 사안이니까. 아니야?"

미즈마키: “……맞아요.”

무카이노: “일이 그렇게 되면 대처하기가 훨씬 어려워져. 후원사도 200곳쯤 되니까, 사전에 알게 된 게 다행이라고 봐야지.”

미즈마키: “……그럼 대외 발표는 어떻게 하나요? 이미 전시회 홍보는 다 끝났는데요.”

무카이노: “무기한 연기라고 공지해야지. 실질적으로는 중지인 셈이고.”

미즈마키: “사정도 자세히 설명할까요?”

무카이노: “그럴 필요 없어. 도쿄도에 어떻게 보고할지 앞으로 고민해야겠지만, 윤리 기준 문제로 재검토 중이라는 정도만 밝히면 돼. 구체적인 내용까지 말할 필요는 없다고 봐.”

7. 추상—6월 28일

“사진은 말이지……. 결국 무언가가 찍혀 있다는 데서 시작해서, 무언가가 찍혀 있다로 끝나죠.”

사카키 미노루는 미즈마키 가스미도 동석한 잡지 인터

뷰에서 '사진이란 무엇인가?'라는 질문에 그렇게 답했었다. 농담인지 진담인지 모를 표정으로 말하고는 방금 내뱉은 그 말을 되새기듯 한동안 입을 다물고 있었다.

"역사적으로도 그렇고, 한 사진작가의 활동 안에서도, 매 순간의 촬영에서도, 그리고 감상의 차원에서도 마찬가지입니다. 그 양극단 사이에서 모두가 필사적으로 발버둥 치는 거죠. 카메라는 인간의 발명품이지만, 넓은 의미로는 이 세계의 플리현상의 일부입니다. 절대 그 밖으로 나갈 수 없고, 인간 역시 결코 나갈 수 없다는 걸 재확인하는 도구죠. 지극히 20세기적인 도구. 그래서 어떻게 해도 안 찍히는 건 끝내 안 찍히고, 찍히는 건 찍히죠. 도몬 씨는 눈앞에 물리적 대상이 있고 렌즈 너머로 '찍으려 한다'면 그것이 리얼리즘이라고 말했지만, 바로 그 '찍으려 한다'는 의지야말로 이즘이 이즘일 수 있는 이유겠지. 사진은 결국 찍히는 걸 선별해 특권화하고, 찍히지 않은 것은 시간 속에서 배제하고 있죠."

사카키와는 대부분 낮에 아틀리에에서 만났다. 그는 늘 셔츠 차림이었고, 겨울에는 그 위에 스웨터를 걸쳤다. 그날은 중간에 한 시간짜리 인터뷰 일정이 끼어 있었다.

창문 너머로 마당에 심어진 단풍나무가 보였는데, 붉은 단풍보다도 신록의 선명한 초록빛이 더 또렷하게 기억에 남아 있다.

방문하면 그는 항상 검은 가죽 의자에 기대앉아 다리를 꼰 채 커피를 마시며 두세 시간 이야기를 들려주고는 했다. 작업 중인 프린트를 자주 보여주며 감상을 물었다. '도몬 씨' '기무라 씨'처럼 미즈마키 가스미가 사진사를 공부하며 이름으로만 알던 인물들이 그의 대화 속에서는 늘 지인에게 하듯 '씨'를 붙여 친근하게 오르내렸다. 그럴 때마다 가스미는 사진의 역사가 갑자기 구체적인 살아 있는 사람들의 세계로 바뀌는 듯한 흥분을 느꼈다.

육십대에 위암 수술을 받기 전까지는 술과 담배를 즐겼지만, 가스미가 만났을 무렵에는 이미 모두 끊은 상태였다. 대신 대체로 우유를 듬뿍 넣은 커피를 마셨고, 캔에 든 쿠키를 자주 곁들였다. 가스미에게 권하기도 했다. 다만 부스러기가 떨어지는 걸 몹시 싫어해, 물티슈로 테이블을 닦고 나서도 눈을 가늘게 뜨고 놓친 게 없는지 꼼꼼히 살폈다.

그 이야기를 장남 다쓰오에게 전하자, 그는 "평소에는 거의 드시지 않는데, 미즈마키 씨 드시라고 일부러 사 오신 것 같아요"라고 말했다.

"아버지도 늘 외로우셨거든요. 자신을 이해해주는 젊은 사람이 있다는 사실에 큰 위로를 받으셨죠. 저도 감사하게

히라노 게이치로

생각하고 있습니다.”

거실 소파에 한쪽 무릎을 세우고 앉아, 가스미는 꽤 오랫동안 꼼짝도 하지 않았다.

머릿속에서 소용돌이치는 생각들이 너무도 번잡스러워 이마를 손으로 꾹 누르고 있지 않으면 어떻게 될 것 같았다.

처음으로 좋아하게 되었고, 지금도 가장 좋아하는 사진집은 『카이로스 크로노스』였다. 사진이 지닌 시간성을 이토록 예리하고, 선명하게 표현한 작품을 그녀는 다른 어디에서도 보지 못했다. 처음에는 그저 ‘대단하다’ ‘멋있다’고 느꼈을 뿐이지만, 사진의 역사를 배워갈수록 그 감정은 점점 깊어졌다. 그리고 사카키가 그에 걸맞은 평가를 받지 못하고 있다는 사실을 안타까워하면서도, 자신이야말로 그를 가장 이해하는 사람이라는 자부심이 그녀의 자존감을 채워주었다. 사카키 미노루를 재평가하는 계기가 될 전시회를 여는 것이 학예사이자 큐레이터로서 그녀의 목표였다.

사카키의 사진을 볼 때면 자신이 60분의 1초라는 찰나와 수십 년이란 시간에 동시에 속해 있음을 강렬하게 실감했다. 그 감각이 몸을 관통했다. 이런 사진을 찍는 사람은 과연 어떤 인물일까, 자연스레 작가에게도 관심이 생겼다. 그 전에도, 그 후에도 사진을 보고 그토록 감동한 적은 없었다.

대학원 시절 사귀던 동갑내기 남자친구는 가스미가 사카키에 심취해 있는 모습을 질투하며, 사카키가 친절하게 대해주는 건 흑심 때문이라고 의심했다. 하지만 그런 기색은 티끌만큼도 느끼지 못했기에 도리어 그 남자친구가 싫어졌다.

프린트를 손에 들듯 사카키와 보낸 시간을 되돌아보며, 순간마다 주의 깊게 응시하려 했지만 어쩐지 집중할 수 없었다.

나는 대체 무엇을 하려는 걸까. 보이지 않던 것을 보려는 건가, 이미 보이던 것에 집착하려는 건가.

하지만 기억 속 필름에 확실히 정착된 건 없었고, 필름도 없는 채 알아채지 못했던 무언가를 의식에 현상하려는 것 같았다.

조금 더 구체적으로 생각하자.

사카키가 이대로 사진 역사에서 말살된다면, 나는 앞으로 어떻게 될까? 스캔들과 함께 사진사에 새겨진다면? 심지어 그 계기를 만든 게 나 자신이라면!

논문도 여러 편 쓴 까닭에 사카키 미노루라는 이름과 미즈마키 가스미라는 이름은 굳게 연결되어 있다. 실제로 사카키의 이름을 구글에 치면 연관 검색어로 '사카키 미노루 미즈마키 가스미'가 따라붙을 정도였다.

사카키의 저 사진이 공개되어 문제시되면, 내 경력은 부끄러운 것이 되는 걸까? 조롱과 비난에 대해 나는 뭐라고 말해야 하나.

사카키 미노루는 이제 포기하고, 비교 연구를 위해 공부했던 고초 시게오로 갈아탈까? 절대 불가능했다. 사진 촬영에 관한 자신의 지식이 얼마나 사카키라는 사진작가와의 대화에 많은 빚을 지고 있는지는 새삼 생각해볼 것도 없었다. 굴론 교류해온 작가는 여럿 있었다. 하지만 거의 그녀 자신의 사진관이라 해도 좋을 만큼 깊이 침투해 있는 건 사카키의 생각이었고, 어쩌면 자신의 연구가 사카키에게 영향을 미쳤다는 느낌마저 있었다.

가스미는 "이건 사카키 씨가 늘 하시던 말씀인데……"라는 말로 큐레이터로서 자신의 견해에 힘을 실었다. 그래왔는데, 앞으로 출처를 밝히지 않은 채로 말할 수 없고, 설령 그렇게 한다 해도 사람들을 설득하기는 어려울 것이다.

사카키의 사진관에 그의 모든 촬영 경험이 침투해 있다면, 거기서 소년의 전라를 찍어 얻은 것만을 깨끗이 분리하는 건 애초에 불가능할 것이다. 그렇게 뒤섞인 것을 언어를 매개로 자기 안에 두는 일.

솔직하게 표현하자면, 가스미는 그 사진에서 '생리적인 혐오감'이라고밖에 말할 수 없는 감정을 느꼈다. 그것은 '윤리적 거부감'에 앞서는 듯했지만, 결국 그 '생리적 혐오감'은 자신에게 내면화된 '윤리적 거부감'에서 비롯된 것이 아닐까 성찰해보았다. 그렇게 생각해야 할 것 같았지만, 더욱 솔직하게 말하자면 한마디로 역겨웠다.

그 감각 속에 있는 온당한 것과 어쩌면 차별적일지도 모를 것을 다시 구분하려 했지만, 혼란에 빠진 그녀의 정신은 곧 다른 곳으로 흘러갔다.

슬픈 건지 처량한 건지, 굳이 이유를 붙이지 않아도 된다면 그러고 싶은 눈물이 무턱대고 흘러내렸다. 그냥 아무것도 하지 않고, 이대로 시간 속에 고개 숙인 채 영원히 사진처럼 정지해 있고 싶었다.

8. 마지막으로 주고받은 라인(LINE) 대화—7월 3일

"이번 주말 토요일 말인데, 점심에 갈 수 있을 것 같아. 배달이라도 시켜 먹을까?" 읽음 22:21

"미안한데 이번 주는 시간이 좀 안 될 것 같아." 읽음

23:11

“아, 그래? 일이 바빠?” 읽음 23:13

“일은 아니고.” 읽음 23:14

“아……. 그렇구나. 그럼 다음 주?” 읽음 23:23

“다음 주도 힘들 것 같아.” 읽음 23:25

“무슨 일 있어?” 읽음 23:31

“응……. 뭔가 이런 식으로 만나는 건 이제 못 하겠어.”
읽음 23:41

“그래? 그렇구나……. 알았어.” 읽음 23:52

“미안해, 갑자기.” 읽음 23:53

“저번에 만났을 때 좀 그런 느낌은 들었어. 그 마음은 존
중할게. 하지만 마음 내키면 언제든 연락해.” 읽음 23:59

“응, 지금까지 고마웠어……. 구보타 씨도 잘 지내.” 읽음
00:07 (웃음 표시 이모티콘)

“가스미도! 필요하면 언제든 연락해!” 읽음 00:08

9. 니시하라 요시키(미술사가)의 메일―7월 5일

미즈마키 가스미 님

처음 뵙겠습니다. 정중한 연락 감사합니다. 사실 인사는 드리지 못했지만, 사카키 씨 추도회에서 한 번 뵌 적이 있습니다.

무카이노 씨에게 사정을 들었습니다. 얼마나 난처하실지 짐작합니다. 사카키 씨와는 예전에 아를에서 뵌 적이 있습니다. 사소한 추억이지만, 관계자들이 다 함께 점심 식사를 하러 가기 전에 심포지엄 회장 화장실에 들렀는데, 시간이 조금 지나서 나왔더니 사카키 씨가 먼저 떠나 멀어져가는 일행과 화장실이 있던 건물의 정확히 중간 지점에 서서 저를 기다리고 있었습니다. 놀라서 급히 달려가 기다려줘서 고맙다고 인사했는데, 살짝 웃으며 "아니, 길 잃을 것 같아서요"라고 말씀하시고는 다른 사람들을 뒤따라 걸어갔습니다. 그때 아를의 고풍스러운 거리를 등지고 홀로 서 있던 사카키 씨 모습이 스냅사진처럼 지금도 선명히 남아 있습니다. 다정하신 분이구나, 그 친절함에 감동했습니다.

회고전도 기대하고 있었기에 이번 연락을 받고 놀랐습니다.

이 사안에 대해서는 저 역시 전문가는 아니라 별 도움이 될 것 같지 않지만, 참고삼아 몇 가지 코멘트를 드리고자 합니다. 언젠가 말씀하신 대로 모종의 회의가 열릴 테니, 이

   히라노 게이치로

번에는 메모 정도로 정리해두겠습니다.

이러한 사정으로, 저는 사카키 씨의 작업을 존경할 뿐 아니라 개인적으로도 호감을 가지고 있다는 점을 감안해 읽어주십시오. 여기 쓰인 내용을 그대로 공개하거나 인용하는 것은 삼가주시길 바랍니다.

먼저 전시회 중지 여부에 대해서는, 문제의 사진을 직접 확인하지 못한 상태라 말씀드리기 조심스럽지만, 설명을 들어보니 어쩔 수 없이 '무기한 연기'해야 할 것 같습니다.

단, '무기한 연기'라는 이름의 중지가 아니라 말 그대로 '무기 한 연기'여야 한다는 게 제 의견입니다.

이야기를 듣고 여러 가지로 알아봤지만 비슷한 사례는 찾지 못했습니다. 2017년 발튀스의 〈꿈꾸는 테레즈〉 철거운동이 일었지만, 메트로폴리탄 미술관은 이를 거부했습니다. 사진의 경우, 잘 아시겠지만 샐리 만이나 데이비드 해밀턴, 족 스터지스의 작품과 그들을 향한 비판이 떠올랐습니다. 회화와 사진은 모델의 존재 유무나 그 표상의 구체성 등 여러 차이가 있지만, 〈꿈꾸는 테레즈〉의 경우 모델도 명확하니 참조할 만한 사례라고 봅니다.

하지만 이 사례들은 모두 명확히 '작품'으로 발표되었

고, 그럴 의도 없이(이렇게 단언할 수 있는지는 직접 판단하시기를 바랍니다) 개인적으로 소지했던 사카키 씨 사진과는 역시 다른 케이스라 봅니다. 이 경우에는 애초부터 예술로 옹호할 만한 표현이나 사상이 존재하지 않으며, 개인이 은밀히 품고 있던 성적 관심의 문제에 가깝습니다. 따라서 이는 예술의 문제가 아니라 윤리적 법률적 문제라고 할 수 있겠지요. 즉, 무카이노 씨가 지적한 대로 미술관으로서는 윤리 기준의 차원에서만 논의할 수 있을 것입니다.

또 미술사에서 소아성애를 어떻게 위치 지을 수 있을지 물으셨는데, 이 자리에서 포괄적인 답변을 드리기는 어렵습니다.

유럽의 경우 플라톤의 『향연』을 비롯해 고대 그리스의 사례가 널리 알려져 있으며, 연령 단계제를 전제로 한 남성 간의 성애 관계(연장자가 능동적이고 미성년이 수동적)는 지리적으로나 역사적으로나 광범위하게 확인됩니다. 일본에서는 중세 사원의 승려와 치고의 관계, 에도시대의 가게마차야(陰間茶屋), 무사 계급 내에서 이루어졌던 슈도(衆道) 그리고 사쓰마번의 '헤코니세(兵児二才)' 등이 잘 알려져 있습니다. 미쓰하시 준코의 『역사 속의 다양한 '성'』은 이 문제에 대해 여러 시사점을 주는 저서이므로 일독을 권합니다.

　　　　　　　　　　　　　　　　히라노 게이치로

　하지만 아시다시피 현대사회에서는 미성년자 보호의 관점에서 규제가 매우 엄격해졌습니다. 가톨릭교회 신부에 의한 소년 성폭력, 일본의 자니 기타가와(전 자니스 기획사 사장) 사건, 동성 간은 아니지만 미국의 엡스타인 사건에 대한 사회적 반응을 보더라도, 오늘날 미성년자를 대상으로 한 성범죄가 어떻게 인식되고 있는지 잘 알 수 있습니다.

　저 개인적으로는 이러한 규제가 타당하다고 생각하며, 인권의 관점에서 인류가 심각하게 '후퇴'하지 않는 한 이는 비가역적인 흐름이라고 봅니다. 특히 실제 모델이 존재하는 아동의 성적 표현은 현실적으로 용인되기 어렵지만, 모델이 소위 '비실재'하는 경우까지 규제해야 하는가를 두고는 최근 애니메이션의 '로리콘' 표상을 둘러싸고 격렬한 논쟁이 이어지고 있습니다. 일본의 법적 규제는 영미권보다 다소 늦게 이루어졌지만 출판업계나 일본만화가협회에서는 규제에 강하게 반대하고 있습니다. 이 문제는 제 전문 분야를 벗어나지만 애니메이션뿐 아니라 문학도 포함해 모델이 '비실재'하는 경우까지 표현의 자유를 규제하는 것은, 구역을 나누어 관람을 제한하는 방식 외에는 현실적으로 어렵다고 생각합니다. 다만 AI를 이용해 현실과 거의 구분되지 않는 아동 포르노가 생산되는 지금, 모델이 '비실재'하니 문제없다는 근거가 앞으로도 유지될 수 있을지는 확신할 수 없습니다.

　한편 정신질환 진단 및 통계 편람에서는 소아성애를 성도착 장애의 일종으로 분류하고, 치료나 지원이 필요하다는 입장입니다. 가해 행위까지 이르지 않은 소아성애자는 ‘비가해 소아성애자(Non-offending pedophiles)’로 분류되어 사회학 등의 분야에서도 마이너리티 연구의 일환으로 다뤄지는 듯합니다. 사카키 씨의 경우는 법적으로 문제가 될 만한 증거가 있는 것으로 보이지만요. (……)

　과거의 표현과 창작자를 어떻게 다뤄야 할지는 사안마다 달라지는 매우 어려운 문제입니다. 예술사에는 이와 같은 모순이 적지 않게 존재합니다. 큐피드처럼 아동을 모델로 하면서 성기가 노출된 조각 작품 같은 경우도 메트로폴리탄 미술관 소장품을 비롯해 수없이 전시되어 있습니다. 개인적으로는 거리 한복판에 세워진 소녀의 나체상 같은 것은 예술적 완성도 면에서도 더 좋은 작품으로 교체해야 한다고 생각하지만, 고전 작품까지 포함해 그 모든 것을 전시하지 못하게 해서는 안 되겠죠.

　한편으로 작품이 아니라 창작자의 범죄 이력을 논점으로 삼는다면 어떨까요. 흔히 인용되는 사례입니다만, 카라바

　　　　　　　　　　　　　　　　　　　　　　히라노 게이치로

조는 살인을 저질렀지만 그의 작품은 여전히 전시되고 있습니다. 같은 맥락에서 프랑수아 비용의 책을 금서로 지정해야 한다고 주장하는 사람도 없습니다. 하지만 성폭력, 특히 아동을 대상으로 한 폭력의 경우에는 살인보다 훨씬 강력한 낙인이 찍힙니다. 형법상으로는 살인죄가 더욱 중범죄인데도 사회적으로는 성범죄가 더 용서받기 어려운 범죄로 인식되고 있는 것입니다.

미투운동 이후 사회적 제재, 이른바 캔슬 컬처가 확산됐지만 문제는 형법처럼 양형에 대한 판단 기준이 전혀 없다는 점입니다. 또한 리버럴이라 불리는 사람들 사이에서도 억울한 누명을 썼을 가능성에 대한 신중한 검토나, '용서'에 대한 논의가 충분히 이루어지지 않았다는 점 역시 문제로 보입니다. '용서'에 관해서는 데리다도 말했듯이, 애초에 용서할 수 있는가가 이 문제의 핵심은 아닐 겁니다. 성범죄자의 사회적 포섭은 매우 어려운 과제로 보입니다. '갱생'은 다큐멘터리 프로그램의 단골 테마지만, 그 대상이 강간범이었던 사례가 있을까요? 제 짧은 식견으로는 그런 경우를 들어본 적이 없습니다.

고백하자면, 예전에는 이나가키 다루호의 『소년애의 미

학』 같은 책을 나와는 한없이 먼 타자적인 것으로 받아들이면서도, 동시에 자신의 소년 시절을 떠올리게 하는 어떤 향수의 감정을 갖고 미적으로 향유했습니다. 하지만 이번 이야기를 듣고 새삼 다시 읽어보니 예전보다 강한 혐오감을 느꼈고, 그런 자신의 변화에 스스로도 놀랐습니다. 그동안 뉴스를 통해 성폭력 피해자들의 용감하면서도 비통한 고발을 수없이 접했기 때문이겠죠. 사건 이후 이어진 그들의 고된 삶을 떠올리면 그저 애통할 따름입니다.

그렇다고 해서 다루호나 발튀스의 작품 혹은 다니자키 준이치로의 『치인의 사랑』과 블라디미르 나보코프의 『롤리타』를 이 세상에 존재하지 않았던 것처럼 지워버리는 데는 여전히 반대하는 입장입니다. 오늘날의 관점에서 받아들이기 어렵고 끔찍하게 느껴진다 하더라도, 예술계에 몸담은 사람으로서, 바로 그 규범으로부터의 일탈성 때문에 그것들을 전적으로 부정할 수는 없다고 생각합니다. 당연히 비판은 필요하겠지만, 그것이 인간을 이해하는 데 있어 미래에 어떤 가능성을 가질지는 현시점에서는 판단을 내릴 수 없습니다. 다만 거듭 말씀드리지만, 이러한 작품들에 다양한 접근 제한이 가해지는 건 불가피하다고 봅니다. 그 위에서 어디까지 허용하고 어디서 선을 그을지는 개별적으로 논의해야 하지 않

히라노 게이치로

을까요. 일괄적으로 선 긋기를 하려는 건 지적 태만이라고
봅니다.

미즈마키 씨가 소아성애의 문화사를 확인하려는 것은,
사카키 씨라는 한 인간을 '소아성애자'로 규정해 단죄하는 문
제 처리 방식에 저항하고 있기 때문이라고 이해합니다. 그러
한 태도에 저도 공감합니다. 사카키 씨가 소유했던 사진과
유사한 사진을 더 갖고 있는지, 사진 촬영 외에 어떤 행위가
있었는지, 그것이 지속되었는지 등 해명되어야 할 사실관계
또한 적지 않을 겁니다.

어떤 사람들이 왜 아동에게 성적 관심을 갖게 되는지
는, 대다수 사람들이 어째서 비교적 가까운 연령의 사람에게
성적 관심을 가지는가 하는 점과 표리관계에 있을 것입니다.
임상심리학자 중에는 소아성애자의 뇌에 기질적인 문제가 존
재한다고 지적하는 사람도 있는 듯합니다.

저는 열두 살 때 당연히 동급생 여자아이를 좋아했고,
그 감정에는 성적 관심도 포함됐습니다. 하지만 지금은 열두
살 여자아이에게 아무 관심 없습니다. 스무 살 때 오십대 여
성과 성애를 맺는다는 건 상상도 못 했지만, 현재는 동년배
여성에게 성적 매력을 느낍니다. 어째서인지는 알 수 없지만,

그 덕에 법을 어길 위험이 줄어든 것은 분명합니다. 한편으로 제 또래 남성이 이십대 여성이 출연하는 AV를 보거나 현실에서 성애 관계를 기대하는 일은 비교적 평범한 부류에 속하겠죠.

소아성애를 불행한 '질환'으로 간주해 치료의 대상으로 삼아야 한다는 생각은 이미 광범위한 사회적 동의를 얻고 있습니다. 인간의 욕망을 외부에서 교정한다는 것은 무서운 일이지만, 피해자가 존재하고 가해자가 될 가능성이 있는 사람이라면, 그러한 방식으로 자신의 욕망을 다른 쪽으로 향하게 할 수 있다면 그 편이 더 행복한 선택이 아닐까 싶습니다. 딸을 키우는 아버지의 입장에서는 그런 생각을 솔직히 떨쳐낼 수가 없습니다. 성적 욕망의 대상 연령은 고정된 것이 아니라 변화할 수 있는 것이 아닐까 하는 생각이 들지만, 정작 당사자들의 생각은 다른 듯합니다.

한편으로 당연히 문화적 영향도 있습니다. 저는 기본적으로 구성주의적인 사고방식을 갖고 있는데, 제 경험을 돌아봐도 성적인 관심의 경향은 소년 시절 읽던 '약간 야한 만화'나 성인 잡지, AV 같은 포르노, 더 나아가 개그 프로그램의 성희롱적 소재들로부터 꽤 강하게 영향을 받았다고 봅니다. 예술이든 포르노든 그것들이 보는 사람에게 아무 영향도 미

 히라노 게이치로

치지 않는다는 건 있을 수 없습니다. 그렇다고 그것들을 전면 금지하는 데는 저는 반대합니다. 그 영향의 양상과 강도는 저마다 다르며, 무엇보다 쌍방의 동의가 전제된다면 성행위가 즐겁고 기쁜 경험이 될 수 있다는 점은 부정할 수 없기 때문입니다.

사진과 관련해 마지막으로 한 가지 덧붙이자면, 저는 기무라 이헤이나 도몬 겐의 전쟁 협력에 대해 전후에 불문에 부쳐진 채 오늘날에 이르렀다는 것 역시 문제라고 늘 생각했습니다. 이 점은 잡지 『아사히 카메라』의 기무라 이헤이 사진상 담당자에게도 직접 말한 적이 있으며, 아사히 신문에서 비판적 검증 기사를 써야 한다는 의견도 전달한 적이 있습니다.

작품과 작가의 관계를 어떻게 볼 것인지에 대해 문학계에서 텍스트 비평론이 논의되던 시절처럼 더는 순진하게 생각할 수 없게 되었습니다. 성폭력 문제가 있고, AI가 가져온 변화도 있습니다. 업적을 전적으로 부정할 수 없는 기무라 이헤이나 도몬 겐의 사례에서 그 작품을 옹호하면서도 동시에 그들의 정치적 윤리적 문제성을 어떻게 비판할 수 있을지에 대한 철저한 논의가 있었더라면 사카키 씨의 이번 일에서도 논의의 전개 방식은 달랐으리라 봅니다. 거물이기 때문에 논의의 대상이 되어야 합니다. 그러지 않으면 배제되고 끝나버리겠죠.

사카키 미노루라는 사진작가가 이번 일로 매장될지 모른다는 점이 저는 심히 걱정됩니다. 다시 말해, 아무런 논의도 없이 그대로 잊혀 존재하지 않았던 작가가 되어버릴지도 모른다는 것을요.

현시점에서 제 생각은 이렇습니다.

제가 도움이 될 일이 있다면 언제든 다시 연락 주십시오.

니시하라 요시키

10. 미즈마키 가스미의 노트—7월 9일
:『소년애의 미학』(이나가키 다루호 지음)에서 발췌

여자는 시간과 함께 원숙해진다. 그러나 소년의 생은 여름날의 하루와도 같다.

소녀와의 대화에는 어쩌면 평생의 반려를 내포하고 있

을지도 모른다. 하지만 소년과 이야기를 나누는 것은 '이 순간에 완결되는 경지'이며, '오늘로써 마지막인 것'이다. 그것은 풋보리의 푸르름, 해 질 녘의 영원한 박명(薄明), 새벽의 장밋빛과도 같은 것. 당사자가 어린 시절을 막 벗어났으나 아직 'P 의식'의 포로가 되지 않은, 그 아슬아슬한 한때에 놓여 있는 것이다.

11. 미즈마키 가스미의 노트—7월 13일
:『향연』(플라톤 지음, 나카자와 쓰토무 옮김)

【파이드로스의 말】

에로스는 가장 오래된 신이기에 우리에게 최고로 좋은 것을 내려주십니다.

아직 어린 소년에게 자신을 사랑해주는 훌륭한 이보다 더 좋은 것이 있느냐고 묻는다면, 나로서는 답할 수 없습니다.

또한 사랑하는 이에게 훌륭한 소년보다 더 좋은 것이 있느냐고 묻는다면 나로서는 답할 수 없습니다.

【파우사니아스의 말】

'범속한 아프로디테'와 함께하는 에로스는 참으로 범속한 존재입니다. 그러하기에 하는 짓이 분별없습니다. 그리고 이야말로 바로 보잘것없는 사람들의 사랑입니다.

첫째로, 그러한 사람들은 소년뿐 아니라 여인도 사랑합니다. 둘째로, 그들은 사랑하는 이의 마음보다 오히려 몸을 더 사랑합니다. 셋째로, 그들은 최대한 어리석은 자를 사랑합니다. 욕망을 채우는 것밖에 생각하지 않기 때문입니다.

소년이 구애를 받게 되면, 그 아버지는 소년에게 수행하는 시종을 붙여 구애하는 자와 말을 나누지 못하게 합니다. 그리고 수행하는 시종에게도 그런 일이 일어나지 않도록 명합니다. 또한 소년과 같은 또래의 아이들이나 소년의 친구들은 그런 일이 벌어지는 것을 목격하면 구애하는 자를 비난합니다.

【알키비아데스의 말】

자네들도 알다시피 소크라테스는 아름다운 이들에 대한 사랑에 끌리며 늘 이런 이들 곁에 머물지.

나는 소크라테스와 하룻밤을 보냈지만 특별한 일은 일어나지 않았고 그것은 아버지나 형과 함께 잤을 때와 전혀 다를 바가 없는 밤이었네.

한편으로는 무시당한 기분이 들었지만 이분의 본성과 절저와 용기에 깊이 탄복했지.

12. 유족의 반응―7월 16일

무카이노 씨와도 상의한 끝에, 오늘 사카키 씨의 아들인 다쓰오 씨에게 '상자'에 대한 이야기를 했다.

"실은 아틀리에를 정리하다가 이런 사진이 나왔어요."

그 순간 다쓰오 씨의 얼굴에 스쳐 간, 예상치 못한 '좋은 것'이 발견된 게 아닐까 하는 기대의 미소가 잊히지 않는다. 마음이 무거웠다.

상자를 열자 놀란 듯 그는 약간 몸을 뒤로 젖히더니 이내 표정이 굳어졌다. 프린트를 꺼내 훑어봤지만 후반은 힐끗 보았을 뿐이었다.

"이런 것도 찍었네요. 그 고지식한 아버지가……. 이건 굳이 전시 안 해도 되지 않을까요?"

그렇게 말한 뒤, 다쓰오 씨는 상자를 덮고 나에게 동의를 구했다. 아니, 오히려 내가 그렇게 제안할 거라 예상하고 먼저 동의한 듯한 어조였다.

나는 직접적인 대답 대신 "사진 속 사람이 누구인지 아세요?"라고 물었다. 계속 신경 쓰였던 일이었다.

"네? 아뇨……. 누구지. 언제쯤 찍은 사진인가요?"

"명확하진 않지만 배경에 찍힌 아틀리에의 분위기로 봐서는 아주 최근에 찍은 사진은 아닌 것 같은데요."

다쓰오 씨의 표정이 순식간에 달라졌다. 피사체가 존재하며, 촬영이 이 아틀리에에서 이뤄졌다는 구체적인 사실을 깨닫고, 내가 그 점을 문제 삼고 있다는 걸 알아챈 모양이었다.

"아버지의 의도는 모릅니다. 하지만 애초에 저는 사진에는 문외한이고요. 꼭 이것뿐 아니라 아버지가 뭘 하고 싶었던 건지 짐작조차 되지 않는 사진도 한두 개가 아니잖아요. 음, 아마 뭔가 생각하신 바가 있었겠죠."

"이 사진은 작품으로 찍은 게 아니라고 봅니다. 사카키 씨가 개인적으로 소장했던 것이라고 생각합니다."

"아버지는 그런 취향 아니에요."

순간의 망설임도 없이 다쓰오 씨의 입에서 튀어나온

'취향'이란 말에, 나는 그가 섹슈얼리티를 둘러싼 요즘의 논의에 관심이 없다는 것을 깨달았다. 하지만 그 점이 오히려 왠지 의사답게 느껴지기도 했다. 고향의 친척들을 떠올려봐도 의사 중에는 보수적이고 세상 물정 모르는 사람이 많았다.

"미즈마키 씨는 이걸 문제시하는 겁니까?"

"저 개인이 아니라 공립미술관의 윤리 기준을 고려한 겁니다."

"잠깐만요. 벌써 이 일을 상사에게 보고한 겁니까?"

"발견한 이상 공유할 수밖에 없어서요."

"그야 원칙상으론 그렇겠지만, 작품이 아니라면 아버지의 프라이버시잖아요! 저한테 양해도 없이 그렇게 멋대로……"

이때 나는 내가 한 일이 아웃팅에 해당하는 것이 아닐까 불안해졌다. 사카키 씨가 밝히지 않은 성적 지향이 있다면 그럴지도 모른다. 하지만 피사체의 연령을 고려하면 명백히 법에 저촉되는 일이었다. 만일 작품이 아니라고 단정한다면.

게다가 다쓰오 씨가 입 밖에 낸 '뭔가 생각하신 바'가 있었을지도 모른다는 말도 신경 쓰였다. 무카이노 씨와 대화를 나눈 뒤로는 어째서인지 작품이냐 개인 소장품이냐는 생각에 사로잡혀 있었지만, 작품 미만, 그러니까 창작상의 '시도'였을 가능성 역시 고려해야 했다. 그러한 '시도'를 거듭한 끝에 발표되는 작품도 있다. 이번 기획에는 필름이나 노트 전시도 염두에 두고 있었는데, 그 가능성을 떠올리지 못하다니 내 불찰이었다.

이 모든 생각을 그 자리에서 한 것은 아니었다. 집으로 돌아가는 길, 전철 안에서 문득 떠오른 것이었다. 예컨대 사카키 씨가 스냅 촬영 중 사유지에 불법으로 침입했다는 사실이 밝혀졌다 치면, 전시회는 중지될까? 나는 그 일을 무카이노 씨에게 보고했을까? 만약 그 사진이 작품 미만이었다면?

절망적인 상황이었지만 나는 아직 전시회 개최를 포기하지 않았고, 다쓰오 씨에게는 계속 협조를 구할 셈이었다. 그러나 다쓰오 씨는 전에 없이 감정을 드러냈다. 언성은 높이지 않았지만 파르르 떨며 말했다.

"아버지가 미즈마키 씨를 얼마나 믿고 도와주셨는지, 아시는 줄 알았습니다! 아버지는 당신에게 마음을 터놓으셨고, 그래서 저도 아틀리에에서 자유롭게 조사하시라고 출입을 허락했던 겁니다. 아버지는…… 아버지는 예술가니까 비상식적인 부분도 있을 수 있겠죠. 근데 큐레이터인 당신이 아버지를 옹호하고 편을 들어주지는 못할망정 은혜를 원수로

갚는 겁니까?"

　나는 다쓰오 씨가 말한 그 '은혜'라는 단어가 싫었다. 사카키 씨에게 신세를 많이 진 걸 잘 안다. 정말 많은 것을 배웠다. 하지만 저작권 상속자에게 '은혜'라는 말을 들으니, 연구자로서도 학예사로서도 이건 아니라는 생각이 들며 반발감이 들었다. 그 자리에 사카키 씨가 있었다면 다쓰오 씨를 나무랐을 것이다.

　다쓰오 씨는 예술을 이해하지 못하는 콤플렉스를, '예술'이라는 이름이 붙은 것은 뭐든 옹호해야 한다고 믿는 방식으로 극복하려는 사람의 전형이었다. 거기에 부자 관계가 더해져 더욱 복잡했다. 관계가 줄곧 좋았던 건 아닌 듯했지만, 그렇기에 남에게 아버지의 존재를 부정당하는 건 절대 용납 못 하는 것이겠지. 예전에 다쓰오 씨가 일하는 병원에 찾아간 적이 있는데, 병원 대기실에 걸기 위해 기증한 사카키 씨 작품을 보기 위해서였다.

　"이번 전시회를 위해 협조해주신 것은 무척 감사드리고 있습니다. 개인적으로는 지금도 전시회를 개최하고 싶습니다. 다만 이제는 저 혼자 판단할 수 없는 문제가 되었습니다. 그래서…… 이 사진에 대해 뭔가 더 아시는 게 없을까 여쭤보고 싶었던 겁니다."

다쓰오 씨는 한동안 말이 없었다. 내 말에서 사태가 예상보다 심각하다는 것을 알아챈 모양이었다. 그리고 내 기분을 상하게 하면 안 된다고 판단한 듯했다.

"아니……. 음, 제가 말이 좀 심했을지도 모르지만, 저로서는 물론 미술관에 감사한 마음이고, 아버지를 위해서라도 이 전시회를 꼭 성공시키고 싶습니다. 제가 도울 수 있는 일이라면 뭐든 하겠습니다."

'개최하고 싶다'가 아니라 '성공시키고 싶다'고 말한 것이 의식적이었는지, 무의식적이었는지는 알 수 없었다.

이날은 여기까지만 이야기를 나눴고, 이미 개최를 중지하는 방향으로 검토하고 있다는 말은 꺼내지 않았다.

13. 미술관에 설치한 챗지피티(ChatGPT)와 관람객의 대화 기록

질문—디지털카메라만 써봐서, 필름 카메라는 잘 모르는데 필름 넣는 부분 뚜껑을 촬영 도중에 열면 어떻게 되는 거야?

ChatGPT—좋은 질문이야! 필름 카메라는 꽤 섬세한 구석이 있어서, '필름 넣는 부분의 뚜껑(덮개)'을 열면 안에 든 필름이 빛에 닿아서 바로 감광돼. 즉, 빛에 반응해서 사진이 전부 날아갈(새하얗게 되는) 수도 있어.

촬영 도중, 필름이 감겨 있는 상태에서 덮개를 열었다면 그대까지 찍은 사진이 일부 또는 전부 날아가서 못 쓰게 될 수 있으니까 조심해!

정리하면:

촬영 도중 or 다 찍지 않은 필름이 감겨 있는 상태에서 열었다 → 덮개 여는 건 ×(이미 찍힌 부분까지 빛에 노출돼 하얗게 날아갈 수 있음)

사진 다 찍고 필름 완전히 되감은 뒤 열었다 → 열어도 ○(필름이 통 안으로 들어가 있어서 빛이 닿지 않음)

혹시 궁금해서 덮개를 열어보고 싶다면, 필름이 들어 있지 않거나 촬영이 끝나고 필름이 완전히 되감긴 상태에서 열어보는 게 좋아!

14. 사진작가 나가오 유지의 항의 전화―7월 17일

"아, 여보세요, 미즈마키 씨? 사진작가 나가오 유지입니다."

"오랜만입니다."

"잘 지내요?"

"네, 덕분에요."

"지금 통화 괜찮아요? 내가 좀 신경 쓰이는 얘기를 들었는데, 사카키 씨 전시회가 중지된다는 게 사실이에요?"

"……누구한테 들으셨어요?"

"아니, 그건 말하기 좀 그렇고요. 그럼 사실이에요?"

"아직 아무것도 정해진 건 없습니다."

"아직이라는 건, 그런 얘기가 실제로 돌고 있다는 뜻이 겠죠. 문제가 될 만한 사진이 나와서 윤리 기준에 위반될 가능성이 있다고 들었는데……."

"지금 단계에서는 아무것도 말씀드릴 수 없습니다. 결정되는 대로 보도자료를 통해 설명드릴 예정입니다."

"아니, 근데 솔직히 난 그건 좀 문제라고 봐요. 뭐가 나왔는지는 모르죠. 모르지만, 그런 식으로 걸고넘어지면 어느 사진작가가 전시회를 열 수 있겠어요. 눈에 들어온 건 본능적으로 찍어대는 게 사진작가 아닙니까. 그리고 찍은 사진을 일일이 다 처분하는 것도 아니고. 그렇죠? 발표하지 않은 단계에서 이미 제대로 판단한 거라고요. 그런데 큐레이터가 그걸 가지고 트집 잡아 전시회 자체를 중지한다는 건 분명 문제죠."

"……."

"캔슬 컬처 때문에 과잉 반응을 보인 거 아닌가? 아니, 뭐, 알죠. 요즘 시대가 그러니까. 아무리 그래도 이건 좀 그렇잖아."

"여러모로 생각하시는 바가 있겠지만, 정말로 지금은 말씀드릴 수 없습니다."

"아니, 결정이 내려진 뒤에는 늦으니까 지금 전화한 거요. 다른 사진작가 의견은 들어봤어요? 안 들어봤죠? 내 생각에 문제가 커질 겁니다. 이제 신미디어 미술관에서는 전시 안 한다고 보이콧할 수도 있다고요."

"그렇게는 안 될 겁니다."

"어떻게 알죠?"

"어쨌든…… 다시 말씀드리지만 지금은 드릴 수 있는 이야기가 없습니다. 다만 일을 키운다고 해서 사카키 씨에게 도움이 되는 건 없을 겁니다. 말씀하시는 취지는 이해합니다만, 사카키 씨 경우는 매우 민감한 문제를 포함하고 있으니 지금은 조금만 지켜봐주세요. 부탁드립니다."

"지금 뭐라고 했어요? 내가 일을 키운다는 거야? 그냥 의견을 전달하는 거 아닌가? 대화 자체를 거부하는 겁니까?"

"이 일은 단계를 밟아서 처리하고 있습니다. 현재로서는 아직 이야기할 수 없다는 말씀밖에 드릴 수 없습니다. 죄송합니다. 저희 쪽에서 준비가 되면 나가오 씨 의견도 여쭐 테니 그때는 꼭 부탁드립니다."

"……."

"이해해주시는 겁니까?"

"혼자서는 어쩔 수 없는 문제라는 거군요. 그야 그렇겠지. 무카이노 씨하고 이야기할게요. 어쨌든, 솔직히 말하면 실망했어요. 정말 유감이군. 사진작가와 큐레이터가……."

"그러시죠. 죄송하지만 이만 실례하겠습니다."

15.「아동 매춘, 아동 포르노 관련 행위 등의 규제 및 처벌 그리고 아동 보호 등에 관한 법률」에서 발췌

제1장 총칙

제1조(목적)

이 법은 아동에 대한 성적 착취 및 성적 학대가 아동의 권리를 현저히 침해한다는 점의 중대성에 비추어, 아울러 아동 권리 옹호에 관한 국제적 동향을 고려하여, 아동 매춘 및 아동 포르노 관련 행위 등의 규제 및 처벌과 이로 인해 심신에 유해한 영향을 받은 아동 보호를 위한 조치 등을 규정함으로써 아동의 권리를 옹호함을 목적으로 한다.

제3조(적용상의 주의)

이 법률의 적용에 있어서는 학술 연구, 문화 예술 활동, 보도 등에 관한 국민의 권리 및 자유를 부당하게 침해하지 않도록 유의하여야 하며, 아동에 대한 성적 착취 및 성적 학대로부터 아동을 보호하고 그 권리를 옹호한다는 본래의 목적을 벗어나 다른 목적을 위해 이를 남용하여서는 아니 된다.

16. 미즈마키 가스미가 북마크한 신문 기사, 「특집 아동 성폭력 ④ 끝나지 않는 고통」—7월 17일

야마시타 스스무 씨(43세·가명)가 성폭력 피해를 당한 것은 초등학교 4학년 봄이었다. 방과 후 동네 공원에서 혼자

축구 리프팅 연습을 하고 있을 때 누군가 말을 걸어왔다.

"오늘은 혼자 연습하니?"

전날 하교할 때 교문 근처에서 학습지 전단지를 나눠주던, 대학생으로 보이는 남자였다. 야마시타 씨는 친구 몇 명과 장난삼아 그 남자와 말을 주고받았는데, 다정한 인상이었다는 게 기억에 남아 있었다.

남자는 잠시 패스 연습을 함께 해준 뒤, 호흡이 편해진다며 가슴에 바르는 감기약을 꺼냈다. 남자는 야마시타 씨를 공중화장실로 끌고 가 티셔츠를 벗기고 약을 바른 뒤, 사타구니를 만졌다. 놀랐지만 사람들이 알아차릴까 봐 소리를 지르지 못했다. 그러자 남자는 '어?' 하고 걱정스러운 표정으로 고개를 들었다. 그리고 말없이 바지를 벗기더니 구강 성교를 시작했다. 야마시타 씨는 공포에 질려 저항할 수 없었다. 필사적으로 참았지만 마지막에는 고통을 견디지 못하고 몸을 떼어냈다. 남자는 같은 행위를 하라고 명령하며 머리를 눌렀다.

"아무한테도 말하면 안 돼. 너에 대해 다 아니까."

그렇게 다짐을 받고 겨우 풀려났다. 상대의 모습이 완전히 사라지고 나서야 비로소 눈물이 쏟아졌다.

성폭력 피해는 한 번뿐이었지만, 등하굣길에 다시 그 남자를 마주칠지도 모른다는 생각에 외출이 두려워졌고 학교

   히라노 게이치로

도 자주 빠지게 되었다.

당시는 등교 거부에 대한 인식이 부족해서 부모님은 학교에 보내려고 폭력을 휘두르기 시작했다. 여름방학에 들어서 용기를 내 어머니에게 털어놓았지만, 제대로 설명하지 못한 데다 웃으며 말한 탓에 철모르고 그런 장난을 한 것으로 받아들인 듯했다. 돌아온 것은 싸늘한 거부였다.

"역겨워. 그런 얘기 절대 남한테 하지 마. 변태 취급 받아."

야마시타 씨는 자신에게 일어난 일을 아직 잘 이해하지 못했지만, '역겹다' '변태'라는 어머니의 말에 깊은 상처를 받았다.

"진짜 고통이 시작된 건 아마 그때부터였을 겁니다. 저 자신이 너무나 더러운 존재처럼 느껴졌어요. 그 후로는 망가졌죠."

친구 형을 따라 초등학생 때부터 담배를 피우고, 도둑질과 자전거 절도 등 문제 행동을 반복했고, 중학교에 들어가서는 시너에 의존했다. 스무 살이 될 무렵에는 멀쩡한 치아가 거의 남아 있지 않았다.

잊으려고 노력했지만 여성에 대한 성적 관심이 커질수록 자기부정적 감정이 강해졌다. 플래시백 증상에 시달렸고

자기 몸을 벗어 던지고 싶은 불쾌감이 항상 따라다녔다.

자해를 반복했고 스스로 성기를 절단할까 생각한 적도 있었다. 집을 나와 독립한 열아홉 살 때는 자살을 시도해 응급실에 실려 갔다.

"한 가지 일을 오래 하지 못하는 게 힘들었습니다. 금방 몸이 안 좋아졌거든요. 저도 과거 일에서 벗어나지 못하는 저 자신이 정말 싫었어요. 사소한 일에도 짜증이 멈추지 않아서 주변 사람들은 제가 성격이 나쁘다고 생각했을 겁니다. 피해를 당한 것뿐만 아니라 자신의 모든 것에 부정적이어서 살아도 의미가 없다고, 죽는 것만 생각했습니다."

미래에 대한 희망 없이 삼십대를 맞이한 어느 날, 야마시타 씨는 당시 일하던 소규모 건축 업체에서 반복되던 지각과 결근으로 질책을 듣고 출근하지 않았다. 이직을 생각하던 중 뜻밖에도 사장이 자택까지 찾아와 한참 혼이 났다. 처음에는 결근 이유에 대해 얼버무렸지만, 어째서인지 불현듯 말하고 싶다는 마음이 들어 어린 시절 겪은 성폭력에 대해 털어놓았다. 그러자 사장은 눈시울을 붉히며 "그동안 얼마나 힘들었냐"라고 말했다. 그 순간 눈물이 멈추지 않았다. 사장은 야마시타 씨의 성폭력 가해자에 대해 "어린애한테 그런 짓을 한 놈은 절대 용서할 수 없다"며 진심으로 분노했다. 야

  히라노 게이치로

마시타 씨는 자신의 고통을 처음으로 누군가 알아줬다고 생각했고, 이제껏 경험해보지 못한 안도감을 느꼈다. 그리고 자신이 성폭력 피해자라는 사실을 비로소 자각하고, 삶을 추스를 생각을 하기 시작했다.

야마시타 씨는 사장 부부의 지원을 받아 일을 계속하는 한편 정신과에 다니며 상담과 약물 복용을 이어갔지만, 처음에는 생각처럼 효과를 보지 못했다. 그러던 중 성폭력 피해 외상 후 스트레스 장애(PTSD)를 전문으로 하는 공인심리상담사 아키사카 가즈요 씨를 소개받아 '지속노출치료(PE)'를 시작했다.

외상 후 스트레스 장애 환자의 정신 질환 치료에는 인지처리치료(CPT), 안구운동 민감소실 및 재처리 치료(EMDR) 등 검증된 몇 가지 방법이 있는데, 그중에서도 지속노출치료는 효과가 입증돼 건강보험 대상이 되기도 한다. 일반적으로 1회 90분 세션을 주 1~2회, 총 10~15회 진행한다. 치료 내용은 치료법의 원리를 배우는 심리 교육, 이완을 위한 호흡법 습득, PTSD 증상의 유발 요인이 되는 현실 상황이나 장면에 직면해 익숙해지는 '실제적 노출법', PTSD 증상을 일으키는 기억과 감정을 마주하고 반복적으로 시간을 들여 언어화하는 '심상적 노출법'의 조합으로 구성된다.

아키사카 씨는 야마시타 씨의 사례에 대해 이렇게 말한다.

"PTSD 증상을 개선하려면 먼저 마음과 몸이 무엇을 회피하려 하는지 정확히 이해해야 합니다. 야마시타 씨의 경우 소년 시절의 경험이었기 때문에 타인에 대한 신뢰감 상실과 저항하지 못한 자신에 대한 무력감, 수치심과 결부된 자기부정 감정 등이 복잡하게 얽혀 있습니다. 본래 애정과 결부되어야 할 성적 욕망이 신체적 불쾌감과 뒤섞여 있는 점도 큰 고통이었죠. 이를 전문가의 치료를 통해 자기 언어로 다시 풀어내는 것이 첫걸음입니다. 지속노출치료는 단순한 케어가 아니라 환자가 트라우마에 스스로 대처하는 힘을 기르는 훈련입니다. 무슨 일이 일어나도 이제 괜찮다고 생각할 수 있게 되려면 격려뿐 아니라 기술적인 지원이 중요합니다."

야마시타 씨는 이렇게 말한다.

"처음에는 제 경험을 말로 표현하는 게 힘들고 괴로워서 감정이 격해졌지만, 여러 번 반복하다 보니 점점 그 사건은 제 손이 닿는 기억이 되어갔습니다. 자존감을 가질 수 없었던 것이 제 인생에서 실패의 원인이었다는 걸 이해하게 됐어요. 저에게 성폭력을 가한 사람과 어디선가 다시 마주칠까 봐 계속 불안에 떨었지만, 지금이라면 제가 얼마나 큰 고통을 견뎌냈는지 말하고, 속죄하게 하고 싶습니다. 아키사카 씨나 회사 사장님을 비롯해 지금은 저를 응원해주는 사람들도 있습니다. 아직도 몸이 안 좋아질 때가 있지만 어떻게든 헤쳐나갈 자신이 생겼습니다."

이어서 그는 이렇게 덧붙인다.

"제가 치료를 받을 수 있었던 건 불행 중 다행이었다고 생각합니다. 지금도 많은 사람들이 이십대까지의 저처럼 무엇을 어떻게 해야 할지 모른 채 트라우마에 고통받고 있을 겁니다. 치료비 같은 과제도 많고요. 더 많은 사람이 치료를 받을 수 있는 환경을 갖추는 것이 필요하다고 생각합니다."

[성범죄·성폭력 피해자 상담]
전국 공통 상담 전화.
24시간 운영. 가장 가까운 원스톱 지원센터 또는 야간 상담센터로 연결됩니다.
무료 전화. #8891

17. 사카키 미노루의 작업실에 걸려 있던 글

: 나가르주나의 『근본중송』에서

이미 간 것은 가지 않는다.

아직 가지 않은 것도 가지 않는다.

이미 간 것과 아직 가지 않은 것을 떠난 지금 가고 있는 것 또한 가지 않는다.

18. 결정―7월 19일

미즈마키 가스미는 점심 전에 회의실로 오라는 연락을 받았다. 무슨 일인지 짐작하고 있었다.

안에서 기다리고 있는데 몇 분 뒤 무카이노 사토미가 분주한 기색으로 들어왔다. 일단 앉기는 했지만 서서 해도 될 만큼 짧은 대화였다.

"사카키 씨 전시회 말인데, 무기한 연기가 정식으로 결정됐습니다. 사실상 중지된 거지."

"네……. 어쩔 수 없는 일이지만, 정말 말 그대로 '무기한 연기'라고 이해해도 될까요? 언젠가 시간이 지나 이 문제를 좀 더 정리할 수 있게 되면……."

"가능성은 부정하지 않을게. 다만…… 여기서 이 규모로, 이 형태 그대로는 어려울 거야. 만약 개최한다면 형태도 기혼도 전혀 달라지겠지?"

"그렇겠네요……. 제가 할 수 있는 일을 생각해보겠습니다."

"유족에게 설명하는 자리에는 나도 동행할게."

"고맙습니다. 잘 부탁드립니다."

가볍게 고개를 숙이자 무카이노는 서둘러 고개를 끄덕인 뒤 파일을 안고 회의실을 나갔다.

19. 뜻밖의 반응―7월 21일

무카이노와 함께 도큐 도요코선을 타고 사카키의 자택으로 이동하면서 미즈마키 가스미는 며칠 동안 생각했던 일을 입 밖으로 꺼냈다. 일요일 아침 열차는 텅 비어 있었고, 두 사람이 앉은 빨간 좌석 주변에도 사람이 없어서 주위를 신경 쓰지 않고 이야기할 수 있어 다행이었다.

"사카키 씨는 만년까지 앙리 카르티에 브레송의 『Images

à la Sauvette』의 영어판 제목이 『The Decisive Moment』가 된 것
에 집착하셨어요.”

“그건 브레송이 직접 에피그래프에 레츠 추기경(Cardinal
de Retz)의 ‘이 세상에 결정적 순간을 갖고 있지 않은 것은 아
무것도 없다(Il n'y a rien en ce monde qui n'ait un moment décisif)’
라는 문구를 인용했기 때문이잖아? ‘결정적 순간을 갖지 않
는 것은 이 세상에 존재하지 않는다’고.”

“네. 그 말의 출처를 찾았는데 못 찾겠다고 하셔서 저도
디지털 도서관 갈리카(Gallica)에서 검색해봤어요. 레츠 추기
경은 프롱드의 난에 관여한 사람인데, 막대한 양의 ‘회고록’을
남겼어요. 하지만 그걸로 검색해도 아무것도 안 나오는 거예
요.”

“그래? 혹시 존재하지 않는 말인 거야?”

“아뇨, 있는데요. 일단 ‘이 세상에’ 부분이 원문은 en ce
monde가 아니라 dans le monde예요.”

“어머. 몰랐어. 진짜?”

“네. 그래서 단어 단위로 검색했더니 제2부에 있더라고
요. 문서가 décisif 중간에서 줄바꿈이 되어 있어서 dé- 줄바
꿈, cisif라고 되어 있어서 검색에 안 걸린 거였어요.”

“몰랐네. 다른 사람들도 알아?”

무카이노는 놀란 표정을 지었다.

"네. 사카키 씨도 웃으셨어요. 정작 내용은 정치 이야기예요. 올바른 처신의 극치는 그 순간을 알아보고 포착하는 것이다. 만약 우리가 국가의 변혁 속에서 그것을 놓치면, 다시 찾지 못하거나 알아채지 못할 위험을 무릅쓰게 된다. 이러한 사례가 수없이 많다. 그런 내용이죠."

"원문은 그런 이야기야?"

"네, 아마 브레송은 원전을 읽지 않았을 거예요. 검색하다가 이 회고록을 읽기 위한 일종의 안내서 같은 걸 발견했는데, 조사해보니 오히려 그쪽이 20세기 초에는 학교 교재로 쓰였다고 하더라고요."

"그렇구나."

"그걸 통해 알게 된 게 아닐까, 제 추측으로는 그래요. 어쨌든 세계사의 기로 같은 이야기인 거죠. 그래서 '결정적 순간'이에요. 사카키 씨도 놀라시더라고요. 그러고 나서 '결정적 순간'을 곧이곧대로 받아들인 기무라 이헤이의 사진이랄까, 사진관을 꽤 신랄하게 비판한 옛날 에세이 이야기로 넘어갔어요. 요컨대 너무 순진했다는 거죠. 사카키 씨는 자신이 불우했던 건 그 젊은 날의 치기 때문이라고 만년까지 말씀하셨어요."

"그건 사실일 거야. 기무라 이혜이 본인보다는 주변 사람들이 그랬을 거야. 나도 들은 적 있어."

미즈마키 가스미는 애매하게 고개를 숙인 채 말을 이어가다가 가끔 얼굴을 들어 무카이노를 바라보았다.

"그 글에서는 주관이나 객관이 아니라 '인클루시브(포괄적)' '익스클루시브(배타적)'라는 개념이 나와요. '결정적 순간'을 인클루시브한 것으로 이해해 한 장의 사진에 찍히지 않은 것까지 과도하게 읽어내고 피사체의 본질을 규정하는 건 잘못됐다는 거죠. 오히려 한 장의 사진이 배제해버린 것에 대한 겸허한 상상력을 통해 '미결정적 순간'으로 생각해야 한다고 썼어요."

무카이노는 잠시 입을 굳게 다문 채 있다가 말했다.

"'결정적 순간'이라는 말이 임팩트가 있었던 건 촬영한 필름 가운데서 작품을 선택하는 사진작가의 감각 때문이잖아? 그런 결정을 촉구하는 무언가가 있는 순간이라는 뜻이지……. 사카키 씨의 말은 보는 쪽의 의식 문제라서 논의가 조금 어긋났다고 생각해."

"그 역시 언급하고 있어요. 사진작가의 그런 결정이야말로 익스클루시브한데, 왜 작가가 그 순간을 특권화했는지는 인클루시브하게 봐야 한다는 거죠. 예를 들어 기무라 이혜이

가 찍은 〈아키타〉에는 찍히지 않은 게 많이 있고, 그건 결국 그가 모더니스트 티를 감추지 못했다든가, 자타공인 '여자 좋아하는 사람'이었다든가……. 그런 여러 개인적 사정이 작용했다는 거예요. 저는 그 에세이에서 '여자 좋아하는' 같은 이야기는 불필요했다고 생각했어요. 기무라 이헤이 본인이 그런 이야기를 하는 것도 좋아하지 않았고요."

"뭐, 그런 시대였지. 꽤 최근까지도 그랬고."

무카이노는 생각에 잠긴 듯 시선을 떨구고 있다가 물었다.

"그 이야기가 이번 일과 연관이 있다는 거야?"

"모든 게 이어져 있는 것 같기도 한데, 한편으로는 그렇게 함부로 엮으면 안 될 것 같아요. 그렇다고 구분하려 들면, 무엇으로 안전하게 나눌 수 있는 건지 싶고요."

"그건 앞으로의 연구 과제겠지."

"니시하라 씨는 기무라 이헤이나 도몬 겐, 나토리 요노스케 같은 작가들의 전쟁 협력에 대해 제대로 비판하지 않았기 때문에 사진계에는 그런 문제를 해결하는 경험이 축적되지 못했다고 비판했어요."

"니시하라 씨가 할 법한 말이고, 실제로 그래야 한다고 생각하지만, 그런 문제에 부분적으로라도 착수했던 문학이나 음악, 영화 같은 분야에서도 미투운동 때는 우왕좌왕했잖아……. 과연 어떨지.”

“결국 다른 분야에서도 어디까지를 인정하고 무엇을 인정하지 않을 것인지에 대한 논의는 아직 정리되지 않았죠.”

“성범죄는 특히 그렇지. 미술사에서도 남성 화가가 자기 모델에게 한 일까지 전부 추궁하기 시작하면 미술관이 텅 비어버릴걸.”

“계속…… 살인자보다 성범죄자가 사회적으로 더 용서받기 어려운 분위기인 건 어째서일지 생각했어요.”

“재범의 우려 때문이 아닐까?”

“그것도 있겠지만…….”

미즈마키 가스미는 사카키의 그 사진을 떠올릴 때마다 자신이 느꼈던 혐오감에 대해 얼마 전 성범죄 피해자의 신문 기사를 읽으며 생각한 적이 있었다. 사카키가 소년에게 옷을 벗으라고 지시하고, 포즈를 취하게 하며 촬영하는 모습을 상상했다. 그리고 전철이 곧 지유가오카역에 정차하려는 걸 확인하고 자리에서 일어나며 말했다.

“범행 중에 쾌감을 느끼기 때문이 아닐까요, 성범죄는. 강도나 살인은 그렇지 않으니까요.”

무카이노는 팔짱을 끼고 비스듬히 위를 올려다보며 생각에 잠겼다.

"그런 건가. 자신의 쾌락을 위해 타인을 이용하니까…….
살인의 경우도 쾌락 살인 같은 건 역시 용서하기 어렵겠지."

그렇게 말하고는 일어섰다.

사카키의 자택에 도착하자, 평소 사용하던 아틀리에가
아니라 거실로 안내받았다. 자그마한 도자기 동물 인형과 새
하얀 레이스 매트가 눈에 들어왔다. 일찍 세상을 떠난 사카
키 부인의 취향이었다.

왠지 기분 좋아 보이는 다쓰오의 얼굴을 보고 미즈마
키 가스미는 묘한 느낌이 들었다. 벌써 마음 정리가 끝난 것
일까. 이때까지만 해도 그렇게 생각했다.

아이스커피를 한 모금 마신 뒤 무카이노가 말문을 열
었다.

"오늘은 전시회 건으로 찾아뵈었습니다. 이미 미즈마키
씨가 말씀드렸다고 생각합니다만, 아버님이 갖고 계셨던 사
진고 관련해, 현시점에서는 윤리 기준 위반으로 전시회를 개
최할 수 없다는 결론에 이르렀습니다. 도쿄도와도 논의한 결
과입니다. 정식으로는 무기한 연기입니다."

"아, 그 건은 사실 이미 해결됐습니다."

"해결?"

무카이노는 놀라서 확인하듯 미즈마키 가스미를 향해 고개를 돌렸다.

"무슨 말씀이시죠?"

그녀는 이해하지 못한 채 다쓰오를 바라보고 있었다.

다쓰오는 거리낄 게 없다는 표정으로 말했다.

"문제가 되는 건 전부 처분했거든요."

"처분이요?"

"폐기했습니다. 전부. 이야기를 듣고 저도 아버지 아틀리에에 들어가 아직 정리하지 않은 상자까지 모두 꺼내 살펴봤는데, 그것 말고도 몇 장 더 문제가 될 만한 게 있어서 전부 뒷마당에서 태웠습니다."

"무슨 짓을 하신 겁니까!"

미즈마키 가스미는 참지 못하고 소리쳤다. 다쓰오는 화들짝 놀란 표정으로 그녀를 보았다.

"왜요? 그쪽에서 먼저 문제 삼지 않았습니까? 저작권 상속자로서 책임지고 처분한 겁니다."

"그건 아니죠. 아무리 상속자라 해도 해서는 안 되는 일입니다."

가스미는 달아오른 얼굴로 말했다.

"왜요? 제 자유입니다. 무슨 권리로 참견하는 겁니까?

애초에 아버지도 그런 건 돌아가시기 전에 당연히 처분하려 했을 겁니다. 갑자기 코로나에 걸려 그럴 여유가 없었을 뿐이고. 자식이니까 압니다. 그러니까 아버지가 못다 한 일을 제가 대신한 것뿐입니다.”

“하지만 그 프린트를 보고 생각해야 할 일은 아직 많이 남아 있었을 텐데요. 그것이야말로 저작권 상속자로서 책임지는 일이 아닌가요?”

“농담하십니까? 좀 냉정해지시죠. 애초에 작품이 아니라고 한 건 미즈마키 씨잖아요? 그렇죠? 그렇다면 단순한 유품입니다. 유품이라면 저작권이고 뭐고 할 것도 없이 제 마음대로 처분할 수 있는 거죠. 제 말이 틀렸습니까?”

다쓰오는 흥분해서 테이블을 쾅 내리쳤다. 가스미는 그 모습에 더 화가 났지만 곧바로 반박할 말이 떠오르지 않았다. 다쓰오의 주장은 일단 논리적으로 들렸다. 그리고 사카키의 작품을 누구보다 잘 안다는 자부심이, 자식인 다쓰오의 복잡한 마음에 막연히 느끼던 것보다 훨씬 큰 부담을 안기고 있었다는 걸 그제야 깨달았다.

옆에서 말없이 듣고 있던 무카이노가 입을 열었다.

“심정은 이해하지만 처분했으니 문제없다고 할 사안은 아니라고 생각합니다. 애초에 소지 자체가 불법이었고요.”

"원칙적으로는 그렇겠죠. 하지만 아버지도 결국 버릴 생각이었으니 애초에 존재하지 않았던 것이나 마찬가지 아닙니까? 미즈마키 씨 눈에 띄기 전에 제가 직접 처분하는 것과 눈에 띈 후에 처분하는 것이 뭐가 다르죠? 발생한 시간의 차이뿐이잖아요? 존재하지 않았어야 할 걸 우연히 봐버린 것뿐이지 않습니까."

"그런 논리라면 권총이든 각성제든 불법으로 소지하다 들켜도 전부 문제가 없다고 주장할 수 있겠네요."

"하지만 무카이노 씨나 미즈마키 씨가 경찰은 아니잖습니까. 유족으로서 아버지의 명예를 지키고 싶다는 제 심정을 이해 못 하시겠습니까?"

"물론 이해하지만, 알게 된 이상 어쩔 수 없이 저희에게도 책임이 생깁니다. 그건 저희 잘못이 아닙니다……. 그렇죠? 잘못한 건 사카키 씨고, 그 사실을 은폐하는 데 가담하지 않는다는 이유로 저희를 비난하지는 말아주십시오. 성폭력 피해자들이 오랜 침묵을 깨고 목소리를 내고 있는 지금 상황에서, 사진에 찍힌 그 사람이 사카키 씨 전시회 개최에 반대하며 피해를 고발할 수도 있습니다. 그렇게 되면 정말로 사카키 씨의 명예가 훼손되는 상황이 되겠죠. 피해자가 공론화하고 미디어가 취재에 나서고, 결국 전시회가 취소된다면……. 다쓰오 씨는 그런 사태에 대처할 수 있으십니까?”

이번에는 다쓰오가 말문이 막힌 듯 한동안 떨리는 시선으로 무카이노를 바라보았다. 그리고 분을 참지 못하겠다는 듯 입을 앙다문 채 코로 크게 숨을 내쉬었다.

“그럼 묻겠는데요, 미즈마키 씨의 말대로 그 사진을 보관해둬야 했나요? 그런 사진이 이 세상에 계속 남아 있는 게 아버지에게 좋은 일입니까? 다름 아닌 아버지를 위해서 유족인 제가 처분해야 할 사진 아닙니까? 미즈마키 씨도 그걸 촬영한 사진, 아직 갖고 있죠? 그건 괜찮은가요? 불법 아닙니까? 당신들이 아버지 심중을 멋대로 단정 짓고 비판하는 것처럼, 저 역시 당신이 사실은 그 소년 사진에 성적으로 흥분해서 몰래 갖고 있다고 상상할 자유는 있습니다! 그렇지 않더라도 아버지의 사진 연구에는 아무런 도움도 되지 않는 그 사진을 세상에 남겨둬야 한다고 주장하며, 피해자가 모르는 곳에서 또다시 피해자를 괴롭히려는 건 오히려 당신들 아닙니까! 처분해서 아무 일도 없었던 걸로 만드는 게 제일입니다! 그걸 이렇게까지 일을 키워서…… 저로서는 도저히 이해할 수 없네요. 정말 모르겠습니다.”

그렇게 말하더니 다쓰오는 자리에서 일어났다.

“죄송하지만 그만 돌아가주시죠. 더 이상 이야기한들

시간 낭비겠군요."

그리고 일방적으로 대화를 끝내버렸다.

20. 〈존재와 순간 : 사카키 미노루전〉, 무기한 연기 안내―7월 26일

2024년 9월 4일부터 개최 예정이었던 〈존재와 순간 : 사카키 미노루전〉은 제반 사정으로 인해 연기되었음을 알려드립니다.

관계자 및 관람객 여러분께 많은 불편을 드려 진심으로 사과드립니다.

9월 4일부터는 당관 소장 작품전 〈'보도사진'의 쇼와 : 패전 전후의 사진작가전〉을 개최할 예정입니다.

자세한 사항은 전시회 페이지를 참조해주시기 바랍니다.

21. 페이스타임―7월 28일

"갑자기 무슨 일이야?"

어머니에게서 온 연락은 전화인 줄 알았는데 페이스타임이었다. 가스미는 놀라서 아이폰 화면을 들여다보았다. 어머니는 소리가 잘 들리지 않는지 말할 때마다 얼굴을 너무 가까이 들이대 화면에서 한참 벗어나곤 했다. 평소에는 다른 사람과도 페이스타임을 거의 사용하지 않는 것 같았다. 최신 아이폰의 선명한 화면은 확실히 나이가 들었다고 느껴질 만큼, 어머니의 하얀 입가 주름을 생생하게 확대해서 보여줬다. 어머니는 곧 일흔이었다.

"무슨 일이냐니, 갑자기 전시회가 중지됐다는 연락을 받고 얼마나 놀랐는데. 어떻게 된 거야? 너한테는 일생일대의 큰일이잖아?"

"아……. 지금은 자세히 얘기 못 해. 여러모로 복잡해서. 일단 중지가 아니라 연기야."

"그래? 인터넷 뉴스에 '사실상 중지'라고 떴던데. 기사에서는 준비가 잘 안됐다고 하길래 나도 걱정이 됐지."

어머니는 정말 걱정스러운 표정으로 말했다. 인터넷에서 이 일을 어떻게 보도하고 있을지 생각만 해도 마음이 무거워졌다. 관계자들은 뭔가 심상치 않은 사정이 있는 모양이라고 눈치챈 것 같았지만, 소셜미디어에서는 아마 자신이 전시 중지의 책임이 있는 악역으로 지목된 소문이 떠돌고 있을 것이다. 사실을 낱낱이 공개해 자신의 커리어를 지켜야 할까 하는 생각도 들었지만, 미술관에서는 일반에 이유를 공개할 필요가 없다고 판단했다. 문의가 들어오면 수석 큐레이터가 '작품 준비상의 사정' '대여처와 협의에 난항'이라는 식으로 애매하게 설명했다.

"내 잘못은 아니야. 나는 할 일을 다 했어. 다만…… 권리 문제로 유족 쪽과 문제가 있었어."

정확한 설명은 아니었지만 미술 업계를 잘 모르는 어머니에게는 그렇게 설명했다.

"아들은 의사라고 했지?"

"응."

"사카키 씨는 너도 신세를 진 분인데 아쉽네……. 돈 문제야?"

"아니, 돈은 아닌데, 뭐…… 생각 차이랄까. 아쉽지만 대체 전시회를 준비해야 해서 지금 또 바빠."

"알았어……. 엄마도 도쿄 가서 보려고 했는데."

"……응."

미간을 찌푸리고 걱정스럽게 바라보는 어머니를 향해 가스미는 힘없이 웃었다.

"고마워."

　　　　　　　　　　　　히라노 게이치로

“밥은 챙겨 먹고 있어? 살 빠진 거 아니야?”

“먹고 있어. 이런저런 일로 피곤해.”

“잠은 잘 자고?”

“음, 글쎄. 뭐, 그럭저럭.”

“잠은 꼭 자야 해.”

“응, 고마워. 엄마가 건강해 보여서 다행이야.”

“우린 잘 있어. 아빠도 걱정되니까 계속 한번 연락해보라고 하더라.”

“그래? 직접 하지.”

“네가 먼저 연락해.”

“걱정된다고 연락이 오면 뭐라 대답할 말이 있지만, 내가 먼저 갑자기 전화해서 난 괜찮다고 하는 건 이상하잖아.”

“그렇긴 한데. 아빠도 많이 늙었어. 일흔다섯 살이 지나니까 갑자기 확 약해지더라. 무릎이 안 좋아서 지금은 운전도 못 해.”

“그래? 몰랐네. 그럼 운전 안 하는 게 좋지. 어떻게 지내셔? 어디 다닐 수도 없을 텐데……. 내가 나중에 연락해볼게.”

“그래. 너도 건강 잘 챙기고.”

“응, 고마워. 엄마도 조심해.”

어머니는 어떻게 전화를 끊어야 할지 모르겠다는 듯 고개를 살짝 뒤로 젖힌 채 화면을 바라보고 있었다. 가스미는 먼저 통화를 종료하지 않고 그대로 그 모습을 애틋하게 지켜보았다.

22. 공개할 수 없는 각서—8월 6일

사카키 씨의 작품과 유품 반환이 모두 끝나고 업체가 돌아간 뒤, 다쓰오 씨와 마지막으로 짧게 이야기를 주고받았다. 무슨 말을 해야 할지 자택으로 가는 내내 생각했지만 끝내 정리되지 않았다.

다쓰오 씨의 얼굴에는 표정이 없었고 나를 적대하듯 냉담했다. 그런 태도를 마주하자 나 역시 아무 말도 할 수 없었지만, 한편으로 동정심도 들었다.

내가 그의 입장이었다면, 세상을 떠난 부모와의 관계가 영원히 달라지는 건 너무나도 무서운 상상이었다. 어머니의 연락을 받고 나서 더욱 그런 생각이 들었다. 자신의 부모에게 소박한 애정을 품고 있으면서, 자랑스럽게 여기고 좋아한다고 공언하지 못하게 되는 건 괴로운 일이리라. 다쓰오 씨는 아버지에 대해 어떻게 생각하고 있을까. 성폭력이라고 인식하는 것일까, 예술적으로 허용되어야 할 시도라고 믿는 것일까. 그가 이 문제의 발단을 제공한 나에게 증오심을 갖는 것도 어쩌면 당연한 일일지 모른다. 그는 사진 속 소년을 모르는 듯했지만, 나는 한동안 그의 친구가 아닐까 의심했었다. 그게 아니더라도 아마 비슷한 또래일 것이다. 그건 역시 감정적으로 감당하기 어려운 문제겠지.

나는 이번 문제를 포함해 사카키 미노루를 계속해서 연구하고 싶었다. 그러기 위해서는 다쓰오 씨와의 관계 회복은 피할 수 없는 과제였다.

"이번 일은 유감이지만 어디까지나 '연기'된 것이니, 사카키 씨 작품을 어떻게 알려야 할지 앞으로도 노력하려고 합니다. 그때는 잘 부탁드립니다."

현관 앞에서 그렇게 말했지만, 다쓰오 씨는 차갑게 말했다.

"아버지 사진을 어떻게 할지는 이제 제가 판단할 일입니다. 한 가지 분명한 건, 미즈마키 씨는 더 이상 관여하지 않았으면 한다는 겁니다. 아버지에게 당신과의 관계는 완전한 시간 낭비였습니다. 그나마 이렇게 끔찍하게 배신당했다는 걸 모른 채 돌아가신 게 다행입니다……. 이것만은 분명히 말해두겠습니다. 아버지를 가장 잘 이해하는 건 접니다. 당신이 아니라요. 당신은 본인이라고 생각하는 것 같지만 착각입니다. 아무것도 몰라요. 아무것도. 다시는 여기 오지 마십시오.”

그는 눈도 마주치지 않고 현관문을 닫았다.

집으로 돌아오는 전철 안에서 마음은 마비된 듯 무감각해져 있었고, 그것이 안쪽에서부터 나를 삼켜 외부 세계로부터 멀어지게 했다. 마비된 덕에 반쯤 보호받는 듯한 느낌이 들었고, 이것이 사라지면 그 근원에 있는 고통이 드러날까 봐 두려웠다.

다쓰오 씨는 자신의 선택이 절대적으로 옳다는, 거의 우월감에 가까운 확신을 갖고 있었다. 비밀리에 처분하는 게 뭐가 잘못인가? 그의 주장에 나뿐 아니라 무카이노 씨조차 적절한 반론을 내놓지 못했다. 그날의 대화가 다쓰오 씨에게는 중지를 일방적으로 받아들이는 것이 아니라, 이 기획에 관여할 가치가 없다고 스스로 판단하는 심리적 타협점이 된 것 같았다.

내가 사카키 씨에 대해 ‘아무것도 모른다’는 그 말은 타격이 컸다. 정신적으로 이 상황을 버티려면 나 자신도 그를 증오하는 방법밖에 없을 것 같았다.

집으로 돌아온 뒤, 구보타 씨의 메시지를 보았다. 전시회가 '연기'되었다는 소식을 듣고 걱정하는 내용이었다.

'이제 먼저 연락하지 않으려 했는데 좀 걱정돼서……. 괜찮아? 뭔가 도울 일이 있으면 연락 줘.'

직접적으로 관계를 회복하고 싶다고 쓰지 않았지만, 그 계기가 될 수 있는 내용이었다. 정말 구보타 씨다웠다.

우울한 상태라 기쁘다고 할 수는 없었지만, 만나자고 하면 다시 만나도 좋을 것 같았다. 물론 그와의 관계를 끝내려면 이보다 더 좋은 타이밍은 없다는 것도 잘 알고 있었다. 다만 육체적 관계를 어떻게 할지 생각하기 귀찮아서 결국 답장하지 않았다.

닛타 씨는 뭐든 기록으로 남기라고 했지만 이런 일까지 써버리면 혹시 무슨 일이 생기더라도 이 글을 증거로 제출할 수는 없겠지.

컴퓨터로 쓰고 있으니 나중에 편집할 수도 있겠지만, 그건 일종의 조작이고 과연 그런 게 '증거'가 될 수 있을지 의문이 든다. 비밀리에 처분하면 되는 걸까. 그렇다면 지금 쓴 것을 지우면 될 테지만 어쩐지 망설여졌고, 그런 생각까지도 이렇게 기록하고 있다.

집에 돌아온 뒤 뒤늦게 구보타 씨의 메시지를 보고 이런저런 생각을 했던 걸 의도적으로 없던 일로 해버리면 이날 기록 전체가 거짓말이 되어버리는 것 같은 느낌이 든다.

한동안은 사카키 씨의 사진집을 펼쳐 보는 것조차 힘들었지만, 오랜만에 책장에서 『생각하는 사람』을 꺼내 한참 들여다보았다. 5년간 주간지에 연재된 뒤 1981년에 간행되었고, 사카키 씨의 사진집 가운데 상업적으로 가장 큰 성공을 거둔 작품이다.

인간은 집에서 혼자 사색할 때 가장 창조적이지만, 그 표정은 남의 눈에 띄지 않는다. 즉, 표상으로서 이 세계에 존재하지 않는다. 그런 발상에서 시작된 기획으로, 생활비를 벌기 위해 당시 드나들던 편집부에 사카키 씨가 직접 제안한 것이었다.

오래 알고 지낸 데라야마 슈지부터 구로사와 아키라, 아베 고보, 오자와 세이지, 히지카타 다쓰미, 우노 지요, 아키요시 도시코, 모리 마리…… 같은 문화계 인사들뿐 아니라 혼다 소이치로나 마쓰시타 고노스케 같은 사업가, 더 나아가 정치가나 뉴스 캐스터까지 포함되어 있었다. 모델 선정은, 특히 후반부는 거의 편집부가 주도했다고 한다.

생각하는 내용은 무엇이든 상관없지만, 현재 일과 관련해 가장 신경 쓰이는 것을 주제로 제시하면 대부분의 사람들은 주변에 아무도 없는 것처럼 불과 몇 초 만에 사색에 잠긴다고 한다. 사카키 씨는 그 표정을 8×10 사이즈로 선명하게 촬영했다.

생각에 잠긴 사람의 얼굴은 확실히 매력적이고 의외로 볼 기회도 많지 않다. 그래서 나 역시 무척 좋아하는 사진집이었지만, 사카키 씨는 '이처럼 무엇이 찍혀 있는지 알 수 없는 사진도 없다'고 말했다. 애초에 그들이 무엇을 생각하고 있었는지 알 수 없고, 사색에도 시간의 흐름이 있어 어느 지점에 닿았을 때 그 표정이 나타났는지를 특정하는 건 불가능하다는 이유에서였다.

지금 저마다 외부 세계로부터 완전히 단절된 눈빛의 표정들을 바라보다 보니, 카메라를 들고 똑같이 '생각하는 표정'을 짓고 있었을 사카키 씨 자신의 얼굴이 떠오른다. 마치 몰래 먼 기억을 더듬으며 그 사진에 대해 생각하고 있는 것처럼.

사실상 중지 결정이 내려진 뒤에도, 이것이 과연 옳았는지에 대한 의문은 사라지지 않았다.

이 세상에 그 사진은 이미 존재하지 않는다. 그걸 본 사람은 나와 무카이노 씨, 다쓰오 씨뿐이다. 그 밖에 사진을 직접 보여주지는 않았지만, 몇몇 사람에게 상담했다.

우리가 죽으면 이 일에 대해서 아는 사람은 아무도 없다. 그래도 피해자는 존재한다. 하지만 그 역시 언젠가는 사라질 것이다. 아마 침묵을 지킨 채.

그렇다면 어떻게 되는 걸까.

유일하게 존재하는 건 내 스마트폰 속 사진뿐인 것이다. 이런 조잡한 사진이 사카키 씨에 대해 말하기 위한 결정적인 무언가가 될 수 있을까. 이것을 바탕으로, 니시하라 씨의 말처럼 논의의 장을 마련하는 것이 가능할까? 안 그래도 이런 문제에는 다들 끼어들고 싶어 하지 않는데.

대체 그 사진은 무엇이었을까?

다쓰오 씨 말로 미루어보면, 그와 비슷한 사진이 또 있었던 것 같다. 그 역시 포르노그래피였을까, 아니면 그 사진의 의도를 조금 더 알 수 있는, 다른 형식으로 찍은 것이었을까. 만약 그렇다면 온 세상이 비난하더라도 나만은 사카키 씨의 편을 들었어야 하는 게 아닐까.

그런 생각은 해보지 않았지만 혹시 돈 때문에 의뢰받아서 찍은 사진일까. 언더그라운드 잡지나 무언가를 위해, 아니면 사적인 의뢰로? 하지만 그것이야말로 옹호할 수 없는 파렴치한 행위이다. 정말 소아성애자였다면 사카키 씨는 그 때 문에 고통스러워하기도 했을까. 구보타 씨 같은 상대와 편하게 성욕을 해소할 수 있는 내가 사카키 씨를 비난하는 건 어쩌면 위선일지도 모른다.

다쓰오 씨에게 확인하고 싶지만 이제는 그것도 요원하다.

그는 분명 다른 누군가에게 의뢰해 또 다른 사카키 미노루전을 기획할 것이다. 이번 '무기한 연기'에 의문을 품고 나설 법한 사람들의 얼굴도 떠올랐다.

사카키 미노루의 작품이 전적으로 부정당하는 것보다는 그 편이 낫겠지. 이 일로 그가 사진 역사에서 말살되기를 원치 않는다. 하지만…… 분했다. 그저 분하다. 분한 마음뿐이다.

그들에게 내가 사카키 미노루 전시회를 열 수 없는 이유를 일일이 설명하고 다녀야 할까. 변명을 위해 스마트폰 사진을 보여주면서? 이제 사카키 미노루의 사진이 세상 빛을 보는 데 최대 장애물이 다름 아닌 나라니.

왜 그때 그 상자를 열었을까. 다시 그 생각으로 돌아온다. 열지 않았다면 지금쯤 아무것도 모르고 아무 일도 없었던 것처럼 전시회 준비를 마무리하고 있었을 텐데. 그런 세계가 어딘가에 있다면 지금 이 세계의 나를 잃더라도 그곳에 가고 싶다.

하지만 그 세계에서 피해자가 있다는 걸 모른 채 전시회 성공을 기뻐하는 나도, 알고도 모르는 척하는 나도, 내가 되고 싶은 나는 아니다.

지금 이 시점에서 결론을 내릴 수는 없다. 이 문제는 미래 세대와도 공유해야 한다. 니시하라 씨의 말이 옳다는 건 알지만, 그것을 매개하는 일조차 지금 나에게는 버거웠다.

구보타 씨가 두고 간 바카디 화이트는 아직 반 이상 남아 있었다. 싱크대에 버리기 전에 잔에 따라서 한 모금 마셨다. 스트레이트로 마시는 건 처음이었다. 단맛일 텐데 혀를 태우는 듯한 열감만 느껴졌다.

이걸 함께 마셨던 건가. 이상한 느낌이 들었다. 병을 비우고 나서 냄새가 사라질 때까지 물을 계속 틀어놓았다.

23. 사용되지 못한 「전시 개요」

도쿄 신미디어 미술관은 2024년 9월 4일(수)부터 12월 3일(화)까지 〈존재와 순간 : 사카키 미노루전〉을 개최합니다.

2020년 코로나19로 81세의 나이에 세상을 떠난 사진작가 사카키 미노루는 제2차 세계대전 이후 사회에 만연한 니힐리즘을 극복하고자 18세에 카메라를 든 이후, 사진이 보여주는 현실의 '의미 층위'를 다채로운 방식으로 탐구하며 '고고한'이라는 수식어에 걸맞은 독자적인 활동을 전개했습니다.

사진이 표현하는 '현실'이란 과연 무엇인가. 이 근원적 물음에 대해 사카키 미노루는 리얼리즘이 그 이름 아래 특권화해온 이미지를 비평적으로 고찰하는 한편, 그 바깥으로 밀려난 '미연인 채 상실된 이미지를 어떻게 회복할 것인가'를 일관된 주제로 제시해왔습니다. 그의 사진은 미디어를 통해 형성되어온 오늘날 우리의 역사 인식을 근저에서부터 뒤흔드는 힘을 지니고 있습니다.

보이지 않는 것을 보기 위해 보이는 것을 보는 방식 자체에 반성과 변화를 요청하는 사카키의 콘셉추얼한 작업을 이번 전시에서는 여덟 챕터로 구성하여 선보입니다.

초기부터 만년에 이르기까지 200점 이상의 프린트 작품과 네거티브 필름, 일기, 발표 잡지, 콘셉트 노트 등 그 작업의 전체상을 조망할 수 있는 본격적인 회고전입니다.

사진사의 투쟁이 전후사와의 투쟁으로 직결되었던 사

카키 미노루의 작품을 통해 과거로부터 계속되는 현재를 어떻게 미래로 이어갈 것인지 함께 사유하는 장이 되기를 바랍니다.

 히라노 게이치로

전시되지 못한 것들의 자리

<hr>

크로스 인터뷰

김연수 × 히라노 게이치로

히라노 게이치로 작가님께 드리는 질문

김연수   좋아하는 작가의 신작을 누구보다 빨리 읽는 것은 큰 기쁨입니다. 더구나 「결정적 순간」은 구상부터 출간까지 모든 일정을 저와 함께한 것이라 더욱 감회가 깊습니다.

돌아보면 벌써 1년이 지났군요. 2024년 말 원격 동영상으로 만나 우리는 이 책에 수록할 소설에 대한 의견을 교환했지요. 그때 소설이 '윤리적 딜레마'에서 시작했으면 좋겠다는 것에는 서로 동의했습니다. 소설이란 캐릭터가 어떤 선택을 하고 그 결과를 받아들이기까지의 과정을 시간순으로 보여주는 것이니 사실상 모든 소설은 딜레마에서 시작된다고 볼 수 있습니다. 그렇기에 우리의 방점은 '윤리적'이라는 것에 찍혀 있었지요.

'윤리적'이라고 말할 때 우리는 옳고 그름, 진실과 거짓의 이분법을 생각합니다만, 이건 실험실처럼 모든 조건을 컨트롤할 수 있는 진공의 상황에서나 가능할 것입니다. 현실에서는 수많은 인간들의 욕망이 뒤엉키면서 옳고 그름, 진실과 거짓은 단번에 구분하기 어려운 경우가 많습니다. 하지만 그렇다고 해서 옳음과 진실을 마냥 외면할 수는 없습니다. 그래서 우리 시대의 윤리적 딜레마는 옳고 그름, 진실과 거짓 사이의 번민이 아니라 나의 옳음, 나의 진실 그 자체에 대한 번민에 가깝다고 봅니다.

이 소설의 주인공인 미즈마키 가스미는 그런 딜레마를 가장 역설적으로 보여주는 인물입니다. 이 소설은 미즈마키 가스미가 어떤 진실을 발견한 직후에 시작해서 차츰 그 진실을 잃어버리는 과정을 보여줍니다. 이것은 자기 자신을 잃는 과정과도 같기에 모든 일이

    김연수 × 히라노 게이치로

끝나고 미즈마키 가스미가 "왜 그때 그 상자를 열었을까. 다시 그 생각으로 돌아온다. 열지 않았다면 지금쯤 아무것도 모르고 아무 일도 없었던 것처럼 전시회 준비를 마무리하고 있었을 텐데. 그런 세계가 어딘가에 있다면 지금 이 세계의 나를 잃더라도 그곳에 가고 싶다"(167~168쪽)라고 생각하는 건 당연한 귀결로 보입니다.

미즈마키 가스미라는 캐릭터를 화자로 설정한 이유에 대해 듣고 싶습니다.

**히라노
게이치로**
윤리적 딜레마는 본디 죄를 저지른 당사자가 감당해야 할 것이지만, 이 작품에서는 그 주변에 있으면서 의도치 않게 비밀을 알게 됨으로써 준당사자가 되어버린 입장의 인물을 그리고 싶다고 생각했습니다. 게다가 미즈마키 가스미는 사진작가 사카키를 대단히 존경했습니다. 그가 이미 부재하는 상황에서 진상을 묻는 건 불가능해졌으며, 또한 그 윤리적 책임을 방기할 수 없다는 것도 그녀가 처한 입장의 곤란함을 보여줍니다.

우연히 비밀을 알게 되었을 뿐인 사람에게 어떠한, 또한 얼마만큼의 윤리적인 책임이 발생할까요? 이러한 물음에 우리가 새삼 민감해진 건 역시 미투운동 이후일 것입니다. 당시 알고 있으면서도 침묵을 지켰던 사람들은 거센 비판에 직면했기 때문입니다.

성폭력 피해자는 사람들이 그 사실을 알기를 바랍니다. 요컨대 '안다'는 것에는 문제 공유라는 의미가 있으며, 알면서도 침묵한다는 것은 문제 공유를 거절하는 것뿐 아니라 은폐를 통해 가해에 가담하는 일이 되기도 합니다.

하지만 이 작품에서는 그러한 도식적인 사례가 아니라 더욱 복잡한 사례를 생각했습니다. 피해자가 특정되지 않고, 문제가 있었다고 해도 그것이 어떠한 성질이었는지를 알 수 없는 상황, 한편으로 작품과 작가의 관계를 어떻게 생각해야 하는가. 문학의 의미는 문제를 문제로서 제시하는 것에 있으며, 반드시 그 답

      김연수 × 히라노 게이치로

을 작가가 준비할 필요는 없다고 생각합니다. 아니, 대답할 수 없는 아포리아만이 쓸 가치가 있는 주제라고도 생각합니다. 하지만 주인공의 모습을 통해 무엇을 어떻게 생각할지는 표현해야 하겠죠. 그녀가 이 세상을 실제로 살아가고, 사유하며, 행동하는 인간이기를 바랍니다.

김연수 「결정적 순간」에서 가장 인상적인 것은 장면 전환이 매우 빠르다는 점입니다. 도록의 일부, 법률의 발췌, 노트의 인용문, 신문 기사, 챗지피티와의 대화 등이 숏폼 영상이나 SNS의 타임라인을 연상시키며 빠르게 지나가기도 합니다. 개인의 내면이 철저하게 가려진 지문과 대화도 그런 흐름에 잘 녹아들어 있습니다. 덕분에 군더더기 없이 잘 편집된 영화를 보는 듯한 긴박감을 느낄 수 있었습니다.

한편으로 생각하면 이것은 닛타의 권유로 미즈마키 가스미가 자신을 보호하기 위해 쓰는 글이기도 합니다. 그렇다면 미즈마키 가스미의 내면으로 깊이 들어가는 게 옳을 텐데, 서술은 정반대의 전략을 취하고 있습니다. 덕분에 '윤리적'이라는 말이 평면적이지 않고 입체적으로 다가오는 효과도 있는 것 같습니다. 이런 서술 전략에 대해 좀 더 설명해주세요.

히라노 게이치로

소설을 어떻게 쓸 것인지에 대해서는 늘 고민합니다. 한때 저는 상당히 실험적인 형식의 소설을 썼고, 그 까닭에 독자들이 이탈한 적도 있습니다. 당시에는 인터넷이 등장해서 글로벌화가 진행되고 또한 대테러 전쟁이 일어나 세계가 격변하는 가운데 18세기 이후 이어져오던 소설의 스타일로는 포착할 수 없는 새로운 현실이 출현했음을 강하게 느꼈습니다.

하나는 현대사회의 정보 과잉 공급입니다. 이것을 어떻게 소설로 처리할 것인가. 이번 주인공 같은 입장에 처한다면 다양한 입장의 사람들의 의견, 과거에서 현재에 이르기까지의

 김연수 × 히라노 게이치로

인간의 삶, 미술사, 법률 등 많은 정보를 참조하며 사유하게 되겠지만, 소설의 단선적인 흐름 속에 그러한 요소를 포함시키려 하면 아무래도 생략이나 요약이라는 형태로 다룰 수밖에 없습니다. 또한 그 흐름을 '자연스럽게' 하기 위해 많은 지면을 요하게 됩니다.

하지만 실제로 오늘날의 인간은 사회의 다양한 일을 일련의 흐름을 통해서가 아니라 더욱 단편적으로 경험하며, 게다가 그 단편에는 종종 한 가닥의 정보가 완결된 형태로 포함되어 있습니다. 인터넷에서 읽는 뉴스나 논문 같은 것이지만요. 그러한 현실을 소설에 반영하기 위해서는 굳이 '흐름'을 만들려 하지 않는 쓰기가 필요하지 않을까, 예전부터 그런 생각을 했습니다. 음악에 빗대자면 힙합 이후로 음악의 이치에 기반한 전조를 필요로 하지 않은 급작스러운 곡조의 변화가 연속되어도 듣는 이는 '부자연'스럽다고 느끼지 않고 즐길 수 있게 된 것과 비슷하죠.

하지만 그렇게 생각하는 한편, 이번 집

필에서 염두에 둔 건 미술 전시회에서의 체험입니다. 주인공은 큐레이터이고, 독자가 하나의 전시회를 찾아 각각의 전시장을 도는 듯한 이미지를 갖고 있었습니다. 전시장은 모든 것을 이야기하는 것이 아니며, 그 공백을 메우는 건 감상자입니다. 그러한 의미에서 이 단편은 실현되지 못했던 전시회를 위한 전시회라고도 할 수 있겠죠.

김연수　소설에 등장하는 사카키의 『생각하는 사람』은 가상의 사진집이겠지만, 많은 것을 암시하고 있습니다. 이 사진집은 "지금 가장 고민하고 있는 것을 생각해주세요"라고 말하고 사진을 찍는다면 나올 만한 얼굴을 보여줍니다.

생각에 잠긴 사람의 얼굴은 확실히 매력적이고 의외로 볼 기회도 많지 않다. 그래서 나 역시 무척 좋아하는 사진집이었지만, 사카키 씨는 '이처럼 무엇이 찍혀 있는지 알 수 없는 사진도 없다'고 말했

　　　　　　　　김연수 × 히라노 게이치로

다. 애초에 그들이 무엇을 생각하고 있었는지 알 수
없고, 사색에도 시간의 흐름이 있어 어느 지점에 닿
았을 때 그 표정이 나타났는지를 특정하는 건 불가
능하다는 이유에서였다. (165쪽)

　　이 문장을 읽다가 얼굴이야말로 인간의
본질을 말해주는 것은 아닐까 하는 생각이 들
었습니다. 우리의 얼굴은 누구 앞에 서 있느
냐, 어떤 상황에 처했느냐에 따라 심지어는 어
떤 생각과 감정에 잠겼느냐에 따라 바뀌게 되
죠. 그게 아니더라도 세월이 흐르면 얼굴은 바
뀔 수밖에 없습니다. 단일한 얼굴은 없는 셈이
죠. 이 얼굴은 물 흐르듯이 흐릅니다. 무엇을 만
나느냐에 따라 흐름은 달라지지요. 이건 사카
키 미노루의 작업실에 걸려 있던 나가르주나의
『근본중송』이 뜻하는 바이기도 합니다.
　　「결정적 순간」은 이 흐르는 얼굴을 발견
하기까지의 여정을 다룬 소설이라는 생각이
듭니다. 이 소설은 표면적으로는 아동 성폭력,
캔슬 컬처, 예술가의 범죄 행위, 더 나아가 예

술가의 전쟁 협력 등을 다루는 것처럼 보이지만, 심층적으로는 더 근본적인 문제, 즉 인간에게 만약 고정된 얼굴이 없다면 어떻게 할 것인가, 라는 묵직한 질문을 던집니다. 이 문제는 자연스레 AI 시대의 여러 문제와도 연결되겠지요. 마침 히라노 게이치로 작가님의 근작인 『본심』(양윤옥 옮김, 현대문학, 2023)과도 연결되는 듯하니 이에 대한 의견을 듣고 싶습니다.

히라노 게이치로　이 문제는 제가 오랫동안 사진계와 연을 맺어온 경험과도 관련되어 있습니다. 어떤 계기로 저는 '사진의 마을 히가시카와상'이라는 사진상의 심사위원을 맡게 되었으며, 그 후에 기무라 이헤이상이라는 사진계의 아쿠타가와상이라고도 불리는, 일본에서 가장 유명한 사진상의 심사위원도 맡았습니다. 원래 사진을 좋아했고, 또한 『장송』(양윤옥 옮김, 문학동네, 2005)을 쓴 것을 보아도 알 수 있듯이 그림에도 관심이 많습니다. 예술로서 사진과 마주하다 보

　　　　　　　　　　김연수 × 히라노 게이치로

면 거기에 찍혀 있는 것에서 커다란 감동을 느
낌과 동시에, 대체 나는 무엇을 보고 있는 것일
까, 하는 기묘한 기분에 휩싸일 때가 있습니다.
사진은 시간을 한없이 미분한 순간을 작품화
하는 형식인데, 살아 있는 인간으로서의 우리
의 표정이란 그런 것으로 대표되며, 상징화될
수 있는 것일까. 아니면 모든 표정이 동등하게
일종의 예외이며, 어떤 순간도 특권화될 수 없
는 표정의 연속으로만 우리는 '얼굴'을 가질 수
있는 것일까.

저 또한 김연수 작가님과 마찬가지로 문
학이 아닌 다른 표현 장르에도 깊은 애정을 갖
고 있습니다만, 화가도 사진작가도 되지 못했
기에 문학을 통해 그들을 그리고 있는 것입니
다. 이 점에 주목해주셔서 무척 기뻤습니다.

김연수 작가님께 드리는 질문

**히라노
게이치로**

「우리들의 실패」는, 김연수 작가님이 지금까지 집필해오신 작품들처럼 문학적으로 깊은 정취가 느껴져 큰 감명을 받았습니다. 그렇게 느낀 이유 가운데 하나는, 주인공 손동하의 과거가 부모님과 서울 아저씨, 정혜인 등 인상적인 인물들과의 에피소드를 통해 현재에까지 큰 영향을 미치는 모습이 섬세하게 그려지고 있기 때문입니다. 이 점은 제가 늘 작가님의 작품에서 배우고 싶다고 생각해온 미덕이기도 합니다. 그런데 소설을 쓰실 때, 이러한 인물들은 어떻게 작가님의 마음속으로 모여드는 것일까요? 작가님의 경험이나 구체적인 모델로부터 에피소드가 떠오르는 것인지, 아니면 작품의 구성상 필요에 따라 인물을 설정하시는지 궁금합니다. 혹은 이야기 자체가 요청하는 방향에 따라 자연스럽게 인물들의 모습이 보이게 되는 것일까요?

김연수　　저는 나무 바라보는 일을 좋아합니다. 나무를 보고 있노라면 불안한 마음이 사라지기 때문이죠. 가끔은 나이 많은 나무를 찾아가기도 합니다. 서울 강남구 도곡동의 느티나무도 그렇게 만났습니다.

때는 2024년 12월 중순이었습니다. 토요일로 기억하는데, 그 무렵 서울의 거리는 어쩐지 춥고 을씨년스러웠습니다. 지하철역에서 내려 나무가 있는 곳까지 걸어갔지만, 고층 아파트만 보일 뿐이라 그곳에 나무가 있을 것 같지는 않았습니다.

반신반의하며 아파트 사이로 난 길로 접어들자 중정이 나오더군요. 느티나무는 이파리를 모두 떨군 채 거기 서 있었습니다. 그 나무는 750살이 넘어 서울에서는 가장 나이가 많은 나무입니다. 그곳은 서울을 오가던 말들이 먹을 죽을 내다 파는 가게들이 있던 곳이지만, 이제는 모두 옛일이 돼버렸습니다.

저는 벤치에 앉아 느티나무를 올려다봤습니다. 석양을 받은 나무는 어쩐지 외로워 보였습니다. 까치들이 이따금 날아와 몇 마디 중 얼거리곤 다시 떠나버리더군요. 나이 많은 나무를 바라볼 때면 종종 그러듯이 저는 그 나무에게도 질문을 던졌습니다.

"이봐, 750년을 산다는 건 어떤 기분이야?"

물론 느티나무는 아무런 말이 없었습니다. 혹시 몰라 저는 기다립니다. 그러다 보면 좋은 생각이 떠오르지요.

핸드폰을 꺼내 지도 앱을 연 뒤, 아파트가 들어서기 전 그 동네가 어떤 모습일지 상상해봤습니다. 느티나무가 서 있는 곳에서 지하철 역삼역까지는 완만한 내리막길입니다. 오랫동안 주민들에게 나무 신령으로 받들어졌다던 그 느티나무는 언덕 위에서 마을을 굽어보고 있었을 것입니다.

저는 그 느티나무의 눈으로 마을을 바라보는 상상을 했습니다. 마을 사람들은 그 나무가 자신들을 보호하리라 믿었을 텐데, 지금 그때의 집은 한 채도 남아 있지 않습니다.

여전히 느티나무는 제 물음에 답하지 않

   김연수 × 히라노 게이치로

았고, 그때쯤 저는 지도에서 뜻밖의 이름을 발견했습니다. '개나리'로 시작하는 아파트 단지의 이름이었습니다.

'개나리'라는 건 절대 잊을 수 없는 이름입니다. 1983년 여름이 끝나갈 무렵, 저는 그런 이름을 가진 아파트에서 하룻밤을 묵었습니다. 지도에서 그 이름을 발견했을 때, 어떤 이야기가 떠올랐습니다. 그때는 아직 그게 무슨 이야기인지 알 수 없었지요. 그래도 무슨 이야기냐고 누군가 묻는다면, 750살이 넘은 느티나무에게 듣고 싶은 이야기라고 대답했을 것입니다.

그날 아파트 단지에서 내려와 버스를 타고 역삼역까지 갈 때였습니다. 버스 안의 모든 사람들이 스마트폰을 들여다보고 있었습니다. 기묘한 침묵이었습니다. 그러다 어느 순간, 뒷자리에 앉은 남자 고등학생들 중 하나가 말했습니다.

"탄핵됐다."

분명 감정이 거의 없는, 뭔가를 조심스럽게 내려놓는 듯한 어조였습니다. 그래서 저는 당시 대통령이던 윤석열 씨가 국회에 의해 탄핵됐다는 사실을 알게 됐습니다. 손동하라는 인물이 구체적으로 떠오른 건 그로부터 아주 오랜 시간, 그러니까 몇 달이 지난 뒤의 일이었지만 손동하라는 인물의 씨앗이 뿌려진 건 그 순간이었습니다.

그날 대통령이 탄핵된 이후 2025년 상반기 한국은 대혼돈의 시기를 보내야만 했습니다. 그 무렵 저는 「우리들의 실패」를 구상하고 있었습니다. 정신적으로 힘을 내기 위해 매일 저는 새벽마다 공원에 나가 일출을 지켜봤습니다. 떠오르는 해를 바라보며 저는 이 혼란이 속히 끝나고 많은 사람들이 원하는 미래가 오기를 간절히 원했습니다만, 세상이 내 뜻대로 흘러가지 않을 수도 있다는 생각을 했습니다. 나무에게 소원을 빌었으나 원하지 않은 미래를 맞이하는 여자애의 이미지가 떠오른 건 그때였습니다.

다행히 제게는 원했던 미래가 찾아왔지
만, 자신이 원하지 않은 미래를 맞닥뜨리게 될
그 여자애는 계속 마음에 남았습니다. 그러다
가 2025년 여름 오사카 엑스포에서 지금의 인
류가 어떤 미래를 꿈꾸는지 보게 됐습니다. 그
장밋빛 미래를 바라보는데, 이런 질문이 떠올
랐습니다. 간절히 원하던 미래가 찾아오지 않
는다면, 그 후에 우리는 어떻게 살아야 할까요?
저는 그게 그 여자애의 질문이라고 생각했고,
대답해야 할 의무를 느꼈습니다.

**히라노
게이치로**　'윤리적 딜레마'는 이번 공동 작업에서 사전에
합의한 테마였습니다. 저 역시 나이가 들면서
한 인간이 할 수 있는 일, 해야 할 일에 대해
자주 생각하게 됩니다. 운명론은 미래의 가능
성에 대해 비관적인 마음을 갖게 합니다만—
어차피 '짚으로 만든 개'에 불과하다고—절망
적인 과거를 받아들이기 위해서는 필요한 사
고방식이기도 합니다. 장편『마티네의 끝에서』
(양윤옥 옮김, 아르테, 2017)에서 저도 그런 이야

기를 썼는데, 이것이 저와 작가님이 공유하는 주제 중 하나가 아닌가 싶습니다. 그리고 이 소설의 묘미는, 개인에게 커다란 윤리적 결단을 촉구하는 것이 반드시 논리적인 판단이나 공적인 정의감이 아니라 지극히 사적인 과거 경험일 수도 있다는 점을 탁월하게 보여준다는 데 있다고 생각합니다. 그렇게 보면 개인의 결단 역시 하나의 운명처럼 느껴지기도 합니다만.

　세계적으로 정치가 권위주의화되고, 인터넷 공간에서는 인간에 대한 평가가 갈수록 가혹해지는 가운데, 우리는 개인의 행동에 가치가 있다고 믿으면서도, 단 한 번뿐인 인생을 희생하면서까지 공공을 위해 윤리적으로 올바른 선택을 해야 한다는 생각을 어디까지 신뢰해야 할지 판단하기 어려운 시대를 살고 있습니다. 바로 그렇기에 문학의 중요한 테마가 될 수 있다고 생각합니다만, 동시에 광주민주화운동과 같은 처절한 민주화투쟁을 그리 멀지 않은 과거에 경험한 한국인과 일본인 사이에는 이 문제를 바라보는 인식의 차이가 존재한

　　　　　　　　김연수 × 히라노 게이치로

다고 느낍니다.

이 소설에 이미 충분히 표현되어 있다고 생각합니다만, 운명론과 자유의지 사이에서 오늘날 인간이 겪는 동요를 어떻게 보십니까. 결국 행동하는 사람들 역시 자신의 사적인 역사에 의해 '이끌리고 있는' 것일까요?

김연수 회화처럼 펼쳐놓고 한눈에 전체를 볼 수 있는 걸 공간예술이라고 부를 수 있다면, 소설은 시간예술입니다. 독서의 규칙은 모든 문장을 배열한 순서대로만 읽어야 한다는 것입니다. 덕분에 소설을 읽는 경험은 실제 인생을 살아가는 경험과 닮아 있습니다. 우리는 모든 사건을 한꺼번에 경험할 수 없습니다. 사건을 순차적으로 경험하는 것을 가리켜 서사라고 하지요.

소설을 읽다가 앞부분으로 되돌아가는 일은 자주 일어납니다. 앞쪽에 복선이 있었는데 그걸 모르고 지나쳤다는 것을 깨달을 때죠. 이 확인 작업은 소설을 읽을 때는 꼭 필요한 과정이라 저는 전자책으로는 소설을 읽지 않습니다. 같은 이유로 저는 막 완독한 소설을 처음부터 다시 읽기도 합니다. 이야기를 끝까지 읽고 나면 이제 완전히 다른 것들이 보이기 시작하기 때문이죠. 그런 점에서 세상에는 두 번 읽을 때부터 진짜 이야기를 들려주는 소설도 있습니다. 제가 읽은 것 중에서는 나보코프의 『롤리타』가 그런 소설이었습니다.

뒤에 일어난 일에 의해 앞의 일이 좀 더 명확하게 이해되는 이 과정은 인생을 이해하는 과정과 닮아 있습니다. 이를 마르케스는 자신의 자서전에서 "삶은 한 사람이 살았던 것 그 자체가 아니라 현재 그 사람이 기억하고 있는 것이며, 그 삶을 얘기하기 위해 어떻게 기억하느냐 하는 것이다"라고 말했죠. 한 번의 삶으로는 이해되지 않는 인생의 많은 우연과 곡절도 이야기로 만들면 두 번 사는 것과 같은 효과, 그러니까 이해를 얻게 됩니다. 그렇기 때문에 저는 많은 사람들에게 글쓰기를 권합니다. 글을 쓰는 건 인생을 두 번 사는 것과 같다

          김연수 × 히라노 게이치로

고 저는 생각하니까요.

그런데 만약 실제로 인생을 다시 한번 더 살 수 있다면 어떻게 될까요? 작가님의 소설 「결정적 순간」에는 다음과 같은 구절이 나옵니다.

왜 그때 그 상자를 열었을까. 다시 그 생각으로 돌아온다. 열지 않았다면 지금쯤 아무것도 모르고 아무 일도 없었던 것처럼 전시회 준비를 마무리하고 있었을 텐데. 그런 세계가 어딘가에 있다면 지금 이 세계의 나를 잃더라도 그곳에 가고 싶다. (167~168쪽)

사카키의 사진을 발견하기 이전의 순간으로 되돌아간다면 미즈마키 가스미는 과연 그 사진을 외면할 수 있을까요? 이것이 이 소설의 핵심 딜레마라는 생각이 듭니다. 그 해답은 바로 다음에 나옵니다.

하지만 그 세계에서 피해자가 있다는 걸 모른

채 전시회 성공을 기뻐하는 나도, 알고도 모르는 척
하는 나도, 내가 되고 싶은 나는 아니다. (168쪽)

　결국 되돌아간다고 해도 미즈마키 가스
미는 그 상자를 열 것입니다. 어떤 미래가 자신
을 기다리고 있는지 안다고 해도 말이죠. 그렇
다면 이건 운명일까요, 자유의지일까요? 저는
자유의지 쪽에 돈을 걸고 싶습니다. 더 정확하
게 말하면 운명을 껴안는 자유의지가 되겠습
니다만.
　운명을 받아들이는 자유의지라는 건 형
용모순이죠. 하지만 이런 형용모순은 인간에게
는 불가피합니다. 말씀하신 대로 인간이란 운
명과 자유의지 사이에서 흔들리는 존재이기
때문이죠. 한국의 민주화투쟁을 말씀하셨습니
다만, 저는 그 과정이 인간의 이런 모순적 행태
를 극복하면서 이뤄졌다고는 생각하지 않습니
다. 인간에게 사적 경험은 공공의 대의만큼이
나 중요합니다.
　하지만 인간은 관계의 존재이기도 합니

　　　　　　　　　　김연수 × 히라노 게이치로

다. 누군가와 관계를 맺는 한, 인간에게는 잉여의 감정이 생겨납니다. 그걸 사랑이라고도, 존중이라고도 부를 수 있을 것입니다. 혹은 부당한 권력에 대한 항의일 수도 있고, 고통받는 자를 향한 연대일 수도 있겠습니다. 이 감정은 때로 인간을 비논리적인 행동으로 이끌기도 하지요. 운명도, 자유의지도 아닌, 운명을 끌어안는 자유의지는 거기서 비롯된다고 생각합니다. 때로 이 의지는 자기파괴적입니다만, 지금까지의 자신에서 벗어난다는 점에서 결단이 될 수 있겠지요.

**히라노
게이치로** 개인은 '짚으로 만든 개'의 '하늘'처럼, 또는 '아서왕 전설'의 멀린처럼 시간을 초월해 이 세상의 모든 일을 알 수는 없습니다. 하지만 여러 일들이 일어난 뒤, 과거에 대해서는 '하늘'이나 멀린과 같은 시점에 서서 그 전체상을 파악하고, 자신의 행동과 타인의 행동을 판단하기 시작합니다. 이것이 이 소설이 가진 탁월한 비평

성이라고 생각합니다만, 저는 역시 사르트르
가 모리아크에게 했던 '신의 시점' 비판을 떠올
렸습니다. 사르트르의 그 글을 지금 읽어보면,
사상적인 비판이라기보다는 소설가가 그러한
전지적 시점에 서게 될 경우 독자가 이야기의
다음 전개에 대해 미지의 흥분을 느끼지 못하
게 되는 것 아닌가, 하는 기술적인 비평처럼 읽
히기도 합니다. 저는 모리아크의 소설을 좋아
해서 사르트르의 비판이 꼭 타당하다고 생각
하지는 않습니다만, 그 주장 자체는 충분히 이
해할 수 있습니다.

소설가는 가까운 과거든 먼 과거든 기본
적으로 과거에 대해 쓰는 존재이고, 실제로 소
설 문장은 대부분 과거형입니다. 그렇다면 작
가의 시점은 필연적으로 '하늘'이나 멀린에 가
까워집니다. 그리고 한 인생을 살아가는 인간
을 이해한다는 소설가의 작업이 일종의 다정
함을 띠게 되는 것은, 대상에 대한 내면적 이
해와 동시에 그 주변 관계를 조망하는 시선 때
문이라고도 할 수 있을 것입니다. 소설에 국한

                                        김연수 × 히라노 게이치로

하지 않더라도, 형사사건 재판에서 정상참작이 이루어지는 것은 사법이 피고의 인생에 대해 이러한 조망의 시선을 획득할 때겠지요.

하지만 소설가는 '하늘'이나 멀린과 달리, 미래가 보이지 않으면서 과거를 파악할 수 있다는 이유만으로 마치 '모든 것이 보인다'고 착각하는 존재라고도 할 수 있습니다.

소설가에게 '무지의 지'란 어떠해야 할까요? 김연수 작가님의 소설은 합리적 해석을 거부하는 듯한 이야기 자체에 대한 존중을 통해 그것을 실천하고 있는 것처럼 보이기도 합니다만, 독자와 모르는 것을 공유한다는 것은 이상적으로 어떠한 것이어야 할까요?

김연수 불교를 공부하다가 '무아(無我)'라는 개념을 이해했을 때, 저는 머리가 시원해지는 것을 느꼈습니다. '무아'는 단순히 '나'의 실체가 없다는 허무한 주장이 아니라는 걸 그제야 깨달았기 때문이죠. 붓다가 말한 '무아'를 이해하려면 히라노 게이치로 작가님도 「결정적 순간」에서 인용한 나가르주나의 중도 사상이 필요합니다. 이는 또한 작가님께서 오랫동안 말해온 '분인'과도 연결되지요.

'무아'는 한 인간의 정체성이 타인 혹은 세계와의 관계 속에서만 결정된다는 걸 잘 보여줍니다. 부모에게 나는 아들이나 딸이고, 아들과 딸에게 나는 부모입니다. 회사에 가면 과장이지만 동창회에 나가면 오래전의 왕따로 여겨질 수도 있습니다. 이처럼 개인은 그때그때 관계의 맥락 속에서 자신의 정체성을 찾아가는 존재인데, 그걸 망각하고 커피점에서 아버지처럼 굴거나 옛 스승을 만난 자리에서 사장이랍시고 거들먹거린다면 낭패를 보게 되죠.

자아가 고정된 실체가 아니라면 우리는 본성에 따라 행동하는 게 아니라 매 순간 어떤 인간이 될지 선택해야만 합니다. 저는 이를 결단이라고 생각합니다. 예를 들어 차별받는 사람을 볼 때 이에 부당함을 느낀다면 나는 차별에 반대하는 사람이라는 결단을 내려야만 합

　　　　　　　　　　　김연수 × 히라노 게이치로

니다. 행동은 그다음에 가능해지죠. 우리가 이 프로젝트를 시작할 때, 서로 확인한 테마인 '윤리적 딜레마'의 순간에 필요한 것이 바로 이 결단이죠.

그런데 결단을 위해서는 앞에서 말한 것처럼 관계가 필요합니다. 제게 결단을 가능하게 하는 관계는 또한 차별받는 사람과 내가 다르지 않다는 전제가 선행되어야만 합니다. 하지만 처음 만난 사람이 나와 같은 사람인지 아닌지 저는 어떻게 알 수 있을까요? 그건 정신적 운동, 그러니까 상상을 통해서입니다. 낯선 이에게 도움의 손길을 기꺼이 베풀 수 있는 능력은 모두 타인과 내가 서로 다르지 않다는 상상을 통해 가능합니다.

어떤 점에서 전지적 시점은 타인을 상상하지 않는 시점이라고 저는 생각합니다. 그런 점에서 저도 사르트르의 말에 마음이 갑니다. 무아로서의 인간은 자신의 결단에 따라 무한한 가능성을 가진 존재인데, 그를 하나의 본성에 묶어 미래를 고정시키는 것은 부당할 것입니다.

제 소설에도 어떤 시점이 있다면 저는 '미래적 시점'이라고 부르고 싶습니다. 과거의 일을 서술할 때 그 뒤의 미래까지도 다 알고 있다면 이미 기록된 과거는 수정되어야만 하기 때문입니다. 그런데 미래는 끊임없이 갱신되니 과거 역시 끊임없이 수정될 것입니다. 무한한 글쓰기가 가능해지는 것도 이 때문입니다. 「우리들의 실패」에서 저는 바하의 〈골드베르크 변주곡〉의 처음과 끝을 장식하는 아리아를 예로 들며 다시 연주하는 일이 어떤 차이를 가져오는지 말한 적이 있습니다. 반복해서 아리아를 연주하는 한, 연주자는 수많은 버전을 가지게 될 것입니다. 마찬가지로 이론상 작가는 과거를 무한히 다시 쓸 수 있고, 무한한 버전을 지니게 될 것입니다.

무한한 버전의 과거는 무한한 버전의 미래를 품고 있습니다. 단 하나의 미래만 가진 사람에게는 결단의 행위가 없을 것입니다. 그는

　　　　　　　　김연수 × 히라노 게이치로

정해진 길을 그대로 걸어가는 운명론의 노예일 뿐이고, 사르트르가 비판한 대로 진짜 시간이 아니라 박제된 시간을 살아가는 사람일 뿐입니다. 그러나 무한한 버전의 미래를 가진 사람에게는 그중 하나를 선택하는 결단을 해야만 합니다.

작가님께서 전지적 시점이 한 인간을 이해하는 '다정함'을 띨 수 있다고 말씀하신 데에 공감합니다. 다만 저는 그 다정함이 과거의 기록을 통해 얻어지는 것이 아니라 '타인과 내가 다르지 않다는 상상'을 통해 그들의 무한한 가능성을 열어주는 '미래적 시점'에서 오는 것이라고 믿습니다. 운명론의 노예가 아닌 결단의 주체로서 독자에게 인물을 제시하는 것, 그것이 소설가로서 발휘할 수 있는 가장 큰 다정함일 것입니다.

그런 점에서 소설가의 무지란 역설적으로 너무나 많은 미래를 알고 있는 것을 뜻하지 않을까요? 독자에게 주인공의 미래가 무한히 열려 있음을 보여주는 것. 그럼에도 불구하고 주인공은 그중 하나의 미래를 선택하겠죠. 그 과정에 앞에서 말한 것처럼 합리적인 논리나 공적인 정의감이 아닌 사적인 잉여의 감정이 개입한다면 필연적으로 합리적 해석이나 선과 악의 이분법을 뛰어넘는 이야기 자체로서의 이야기가 펼쳐지게 되지 않을까요?

옮긴이 | **최고은**

도쿄대학교 대학원 총합문화연구과에서 일본 전후문학을 중심으로 연구하며
전문 번역가로도 활동하고 있다. 우리 말로 옮긴 책으로 무라타 사야카의『소
멸세계』『지구별 인간』, 아사히나 아키의『도롱뇽의 49재』, 히가시노 게이고의
『당신이 누군가를 죽였다』, 요네자와 호노부의『추상오단장』, 사쿠라다 도모야
의『잃어버린 얼굴』, 요코야마 히데오의『빛의 현관』등 다수가 있다.

근접한 세계

초판 1쇄 발행 2026년 3월 5일
초판 2쇄 발행 2026년 3월 16일

지은이 김연수 히라노 게이치로
옮긴이 최고은

펴낸이 허정도
편집장 박윤희
책임편집 김정은 **디자인** 김지연
마케팅 신대섭 김수연 배태욱 김하은 이영조 **제작** 조화연

펴낸곳 주식회사 교보문고
등록 제406-2008-000090호(2008년 12월 5일)
주소 경기도 파주시 문발로 249(10881)
전화 대표전화 1544-1900 **주문** 02)3156-3665 **팩스** 0502)987-5725

ISBN 979-11-7061-359-6 (03810)

- 책값은 표지에 있습니다.
- 이 책의 내용에 대한 재사용은 저작권자와 교보문고의 서면 동의를 받아야만 가능합니다.
- 잘못된 책은 구입하신 곳에서 바꾸어 드립니다.
- '북다'는 문학을 기반으로 다양하게 변주된 책들을 선보이는 종합 출판 브랜드입니다.